ジレイにつきまとう王女
ラフィネ・オディウム・レフィナード
「いけませんじれいさま……
しょんなにもとめらえたら
こわれへしまいまふ」

白魔導士の少女
イヴ・ドゥルキス
変幻の指輪で変装中
ラフィネ・オディウム・レフィナード

【攻】の勇者
「ししょー！　すごいぞ！
あんなに人が小さく見える！」
「レイが嫌がってる。
もう少し離れて」
「〝イヴさん〟こそ身体を
寄せすぎでは
ないでしょうか？」

レティノア・イノセント
ジレイ・ラーロ
【才】の勇者
ルーカス・フォルテ・エーデルフ
イヴと同級生の白魔導士
マーヤ・カッツェ・ビオレータ
ルーカスの側近
ウィズダム

D級冒険者の俺、なぜか勇者パーティーに勧誘されたあげく、王女につきまとわれてる 3

白青虎猫

OVERLAP

CONTENTS

Illust. りいちゅ

D rank Adventurer invited
by a brave party,
and the stalking princess.

プロローグ　なぜか連行されてる

——俺は思う、人はもっと自由であるべきだと。

「——ジレイ様、お疲れでしょうし、こちらに横になってくださいませ。大丈夫です。ええ、なにもやましいことは考えておりません。ですのでさあ、ご遠慮なさらず……」

「——レイ、お腹空《なかす》いてる？　お弁当作ってきたから、一緒に食べよ」

「——ししょー！　すごい！　飛んでる！　この馬車飛んでるぞ!!」

「生活のために」とやりたくもない仕事をやってストレスを溜《た》め、自分の意志を他人に委ねて、振り回されるように日々を浪費する。

そんな人生は、はたして自由であると言えるのだろうか？

……否。断じて否！

人はもっと、自分のために生きてもいいはずだ。

何者にも左右されずに、自分の好きなように生きてもいいはずなのだ。

そもそも、人生なんて究極的に言えば自己満足。

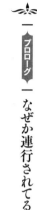

自分の道を貫こうとして、誰かの批判や嘲笑を受けることもあるかもしれない。

でも、自分がそれを本当にやりたいのであれば……好きなのであれば、他人の意見なんて気にする必要はない。好きなようにやればいいだけだ。

一回しかない人生。好きなように生きて、最後に笑って死ねるように日々を精一杯生きる。それでいいじゃないか。それがいいんじゃないか。

つまり……まあ、俺が言いたいのは、そのですね。

「この状況はおかしいと思うんだ。うん」

俺は自分の状況――頑丈なロープでぐるぐる巻きにされ、ギチギチに拘束されて自由を奪われまくっているこの現状に対して、そう呟《つぶや》いた。

手足を動かそうとする――が、後ろ手に拘束の魔導具をつけられていて、手足どころか指先すら動かすことができない。なにこれ？

なんなら、左右を黒髪と水色髪の二人の少女にがっしりと掴まれ、頭部……というか髪を桃色髪の少女に引っ張られているせいで、身じろぎすらできない。痛い痛い痛い。

「……なあ、さすがにもう逃げないって。だからこれ、外して欲しいんだけど」

「駄目。レイはいつもそう言って逃げる」

「い、いやほんとに……そうだトイレ！　急にトイレに行きたくなってきた！　外してくれないと漏らしちゃうなぁー!?」

俺が必死に声を張り上げると、水色髪の少女は「分かった」と言ってゴソゴソと何かを取り出し、こちらに渡してくる。

「……酒瓶？」

それは、何も入っていない空の酒瓶。

「大丈夫、見ないようにするから……どうぞ」

「何いってんの？」

両手で顔を隠すように覆い、でも指の隙間からがっつりこちらを見る水色髪の少女。マジで何いってんの⁇

「……はぁ」

空を闊歩《かっぽ》する魔導馬車。

車窓から入ってくる爽やかな風を頬に感じながら、女性三人のわーわーと姦《かしま》しい声を聞いて、死んだような顔でため息をつく。マジでうるさい。

……いや、こんなはずじゃなかった。俺の考えではいまごろ、悠々自適で優雅に馬車に揺られ、ぐうたらな時間を満喫しているはずだったのだ。

なのに、現状はこれ。

走って逃げようとしても拘束されていて逃げられず、《空間転移《テレポート》》で逃げてもクソ猫が邪魔をしてくるせいで転移先を割り出され、速攻で捕まる始末。

「ジレイ様。どうぞこちらへ、私の膝をお使いくださいませ。大丈夫です。安心して身体《からだ》をお預けください。……決して、そう決して私がジレイ様の髪を撫《な》でたいとかそういうやましい気持ちはございませんので。ええ、決して」

「レイ、口あけて。あーん」

「ししょー！　あの雲うんこみたいな形してるぞ！　おもしろいなー!?」

魔導具で黒髪に姿を変えた少女──ラフィネに強制的に膝枕されそうになり。

水色髪の少女──イヴにサンドイッチをグイグイと無理矢理口に押し付けられ。

桃色髪の勇者の少女──レティに髪を引っ張られながら、わーわーとやかましい声を耳元で延々と聞かされる。もちろん俺は無表情。地獄かな？

そもそも、なぜこうなってしまったのか。

きっとそれは、あのクソ猫にあることを頼みにいってしまったのが間違いだったのだろう。もし今朝に戻れるのであれば、自分をぶん殴ってでも今すぐ止《や》めろと言いたい。

カッポカッポと馬型の魔導生物が元気よく空を駆ける魔導馬車の中。

心地よい振動に揺られつつ、俺は心の中でふぅとため息をつく。そして、小さな声で呟いた。

いまの俺が求めている心の底からの願いを。ありったけの想《おも》いを込めて。

「だれか助けて」

いやほんと、だれか助けてください――

◇

――数時間前、早朝。

「ぐうたら生活最高！　最高最高最高最高!!　フゥ！！！」

俺は、逃げ込んできた宿屋の固いベッドの上にて、怠惰に寝転がってだらだらしていた。

部屋に設置されている時計を見る――時刻は昼過ぎ、日が中天を少し過ぎた辺り。

「まだ時間はあるな……よし、今日は一日中だらだらするぞ！」

ウキウキといまにも踊りだしそうな気分で、この後の至福の時間を想像してニヤニヤと顔に笑みを浮かべる。めっちゃ楽しい。

「ほんと、やっとゆっくりできる……マジであいつら、めっちゃしつこかったからなぁ……」

少し前までのストレス源を思い出し、嘆息。

あれから――マギコスマイアで魔導学園の講師をしたり、魔導大会で優勝したり、めちゃくちゃ強い謎の少女と戦って死んで復活したりして、はや三十日弱が経《た》った。

いやもう、ほんとに散々だった。前世の俺が何か悪い行いをしたんじゃないかってくらい。

桃色髪の勇者と水色髪の白魔導士には勇者パーティーに入れと更にしつこく勧誘されるし、

白髪の見目麗しいユニウェルシアの王女様と、マギコスマイアのポンコツ王女には結婚しろとつきまとわれるし、

はたまた、金髪の少年にはなぜか俺をSSSランク冒険者にすると豪語され、

性格の悪い粘着質なクソ猫にはお前の魔法を研究させろと追い掛け回される始末。

「ふへぇ……何も考えず、ベッドで寝転がるこの至福……なんと甘美なことか……」

だがしかし。もうそのことで悩まされることはない。

なぜなら、俺は完璧に逃げおおせたからだ。やったね。

俺はあのあと、覚えている限りの魔法を使って全力で逃走し、その甲斐《かい》もあって完全に撒《ま》くことに成功した。

なぜそれが分かるのかというと《探知魔法》でこの街、いや国全体に探知を飛ばしてみても、それらしい反応が一切ないからである。

つまり、あいつらはどこかに行ったということ。俺がこうしてぐうたらしていても誰も邪魔してくることはないし、これは完璧に撒いたとみていいだろう。

「ふわぁ、眠くなってきた。もう一度寝るか」

邪魔が来ない幸福を噛《か》みしめ、毛布を被《かぶ》る。至福ッ！

「ん？」

目を閉じて寝ようとするも、なぜか毛布の中にもぞもぞと動く物体を感じて、首をかしげる。おかしいな、さっきまでは何もなかったんだけど……ネズミでも入りこんだか？

疑問に思いながらも毛布をまくって確認すると。

「――やぁ、おはよう」

そこにいたのは、ネグリジェのような官能的な服をまとい、軽快な様子で手を上げて挨拶をする少女の姿。

「！？！？！？！？！？！？」

すぐさま俺は毛布から飛び出し、驚きすぎて天井に張り付いた。それはもうとんでもない速度で張り付いた。〇・一秒くらい。

「ひ、ひどいなぁ……そんなに驚かなくてもいいじゃないか」

その人物は少しショックを受けた表情を浮かべながら、ベッドから降りて立ち上がる。

窓から入ってくる陽光に、地面に付くほど長く美しい銀色の髪を煌《きら》めかせて。

「……どうなっている。お前は死んだはずだ」

一瞬で理解し、冷静さを取り戻して問いかける。どういうことだ、なんでこいつが――

その人物、目の前でにこりと微笑《ほほえ》み、明朗に喋《しゃべ》りかけてくるその少女は。

俺が消滅させたはずの少女――エンリにほかならなかったのだから。

◇

「ま、別にそれはいいじゃないか。それよりも、もっと有意義な話をしようよ？　あんまり時間もないか――」

俺は無言で右手をエンリの方に向け、膨大な魔力を込めた魔力弾を放出した。

「ちょ、ちょちょちょっと!?　いきなり何するのさ!?　話を聞い――」

しかし、なぜか背後からエンリの声が聞こえてきたので、今度はさっきの十倍の数の魔力弾を展開し、一斉に放出する。……やったか？

「よ、容赦ないねキミ。まあ、ボクがやったことを思えば当然のことだけどさ。…………正確には、このボクじゃないんだけどね」

だが、エンリはキズ一つ付いていない状態で現れ、飄々《ひょうひょう》とした態度でそう呟いて、落ち込んだように肩を落とす。

「はぁ……まあいいや。とりあえず、時間がないからこのままいくつか話をさせて貰《もら》うよ。敵意はないから大人しく聞いてくれると助かるね」

「ふざけるな。信じられるわけないだろ」

数々の魔法を展開しながら、エンリの出方を警戒する。

……どうなっている。魔力弾が当たった手応えは確かにあった。しかし、エンリはまるで攻撃を喰《く》らっていないかのように俺の目の前に平然とした様子で現れた。意味が分からない。

「まず一つ目。あれは確かにボクがやったことだけど、やったのはこのボクじゃない。……あとボクはあのとき確かに死んだよ。キミの剣戟《けんげき》にあっさりと粉々にされてね」

「……はぁ？」

エンリの言葉が理解できず首をかしげる。ボクだけどボクじゃない？　それに死んだって……じゃあ目の前の、魔力の波長も相貌も同じのこの少女は何なんだよ。わけ分かんないんだけど。

「ボクだけど、ボクじゃないってことだよ。……でも失敗したなぁ。まさか今代の《暴食《グラトニー》》の力があんなに強力だなんてね。呑《の》まれるなんて思ってもみなかった」

「……何を言っている？」

「ボクはもともといい人間じゃなかったから、記憶を失ったボクがああなるのは、仕方なかったのかもしれないけどさ……困ったねほんと」

「？？？」

どうしよう、マジで何言ってるか分からんのだけど。

「そして二つ目、ボクからキミに継承された力のこと。その力はキミの中の力と結合して一つになった。まだ、十分な力を引き出すことはできないけれど……それもいずれ、思い出すはずだ。これからのキミに役立つはずだよ」

「継承……？」

「本当はボクが教えるべきなんだろうけどね……ボクはまだ出られないんだ。ごめんね」

分からなすぎてムカついてきた。もう吹き飛ばしていいかなコイツ。

今度は、周囲一帯を消し炭に変えるほどの魔力を練って準備をしていると。

「そして最後、三つ目……キミはさっき、なんでボクに攻撃が当たらないのか、不思議に思っていたよね？」

「……ああ」

エンリの言葉に練っていた魔力を止める。

「確かに当たったはずだ。なら――」

「うん、当たってたよ。だけどボクは死んでない。なんでか分かるかな？」

そう、手応えは間違いなくあった。宿屋を巻き込まないように結界でエンリの周辺を覆い、その中で魔力弾を展開して圧殺したはずだ。あれを喰らっておいて、無傷なんてことはありえない。

それなのに、なぜ――

エンリはにこりと微笑み、楽しそうな軽快な口調で、言った。

「そりゃそうだよ。だってこれ――夢だし」

「…………………へ？」

◇

ぱちり、と夢から覚めた。いや、現実に引き戻された。

寝転んだまま視線だけを窓に向けて、まだ早朝であることを確認する。まどろんでいた目の焦点が段々と合っていき、急速に意識が覚醒していった。

「……最悪だ」

覚醒したと同時、頭に考えたくもない事実が一瞬で襲いかかってきて、悪態をこぼす。

最悪だ、マジで最悪だ。

さっきまでのは夢。ここが現実。

つまり、完璧に追っ手を撒いてぐうたら生活を満喫していたのが夢。

まだ逃亡中の今が現実。逃亡中が現実。これが現実。現実。ふざけるなぁ……。

死にたくなる思いを抑え、怠《だる》すぎて重い身体《からだ》を起こす。

「とりあえず顔を洗って、そのあとは……」

そこでピタリ、と動きを止めた。というより、物理的に止められた。

「……はは」

思わず乾いた笑いが出た。

……そうか、そうだった。ここは現実なんだった。じゃあ、そりゃいるよね。そうだよね。

そもそも、なんであんな夢を見てしまったのか。

それは――

「いけませんじれいさま……しょんなにもとめらえたらこわれへしまいまふ」

「……」

俺は自分のすぐ脇、ベッドの上になぜかいる、俺の腰に力強くしがみついて幸せそうな顔で寝言を漏らしている白髪の少女を見て、無表情でフリーズする。

数分後。現実に戻った俺は、ネグリジェのような官能的な格好をしている少女――ラフィネの拘束を起こさないように慎重に外し、ついでに近くにあった毛布を十枚くらいラフィネの身体に被せてから洗面台へと向かう。寒そうだからね、うん。

ラフィネは「じれいさまおもいれふ……じれいさまがわたひをだいすきなのはわかっていまふが……ふへ……」と、毛布に埋もれながら妄言を漏らしていた。幸せそうで何よりだ。

洗面台で寝起きの顔を洗いながら、考える。どうしよう。

他国へ逃亡するのは無理だ。もう何度も試してみて、無駄に終わった。

ここ数十日間、俺は全力で逃げた。

マギコスマイアの近くの周辺諸国をぐるぐると逃げ回って、最終的にマギコスマイアに戻ってくるくらい逃げた。逃げ回った。

だがしかし、いくら国を転々としても、見つからないように宿屋に引き籠もっても、なんならゴミ箱の中に隠れてても無駄。徒労。無意味。

マギコスマイアの王女である少女――エレナと、なぜか俺を師匠と呼び慕ってくる少年――カインはなんとか撒くことができた。だが……。

「……どうなってんだマジで」

ベッドの上でこんもりと盛られた毛布に埋もれて幸せそうにしているラフィネを見て、死んだ顔で呟《つぶや》く。

そう、あの二人は撒くことができた。

そもそも、カインに至っては「剣の修行をしにいきます。師匠の隣で戦える男になるために――」とかなんとか宣言して別の国に出発していった。エレナはなんかいつの間にかいなくなってた。

しかし、ラフィネと水色髪の少女――イヴと、【攻】の勇者――レティだけは、無理だった。どうやって知ったのか俺の行く先々で出没し、やれパーティーに入れだの結婚しろだのとつきまとってきた。

ここ七日間、連続で宿屋を転々としているにもかかわらず、起きたらラフィネが同じベッドで寝ているか、イヴが美味《おい》しそうな朝食を用意して朝の挨拶をしてくる。

割合はラフィネラフィネイヴ、ラフィネラフィネラフィネラフィネ。ふざけんな。

もうマジで、いくら場所を替えても無駄。何か魔術を使ってるとしか思えないレベル。

俺の魔力量の方が多いから《千里眼》を使っているとは考えられないし……どうあがいても探し出すことは不可能なはずだ。

なのに、目が覚めたらいる。毎日いる。もはや呪いの装備かって思うくらいいる。んもー意味分かんなくて発狂しそうだよぉ。

しかも、困ったことに悩みの種はそれだけじゃない。ほんとに困ったことに。

「……はぁ」

ため息をつきながら、洗面台の鏡に映る自分を見る。

そこには、いつも通りかっちょいい俺の顔。うん、今日もイケメンだ。顔は死んでるけど。

イケメンさに満足したあと、俺は自身の前髪をまくり、額を露出する。

すると。

「……ほんと、なんなんだろうなこれ」

自分の顔、その右額にある──黒い刻印のようなアザ。

「ケガじゃないし、呪いでもない。黒だから聖印でもないと思うし……マジで、なんだこれ」

この印が現れたのは数十日前。

ちょうどエンリを消滅させて、マギコスマイア中を逃げ回ったあとくらいのこと。

触ってみても痛みはなく、呪いかもしれないと調べてみてもそうでもなく、もしかしたら勇者に選ばれた証《あかし》である聖印かもと一瞬だけ思った。

しかし、歴代の聖印は赤、青、金、白……などなどと、黒色は前例がない。だから、聖印であるとは思えない。というか思いたくない。今さら勇者になりたくない。絶対、マジで。

まあ、正直このアザがあるだけなら別に気にしない。放っとけばいいいだけだし。

だけど──

「〝喰え〟」

俺は《異空間収納《アイテムボックス》》から携帯栄養食を取り出して空中に投げ、ただそう念じる。

「──！──!!」

その瞬間、何もなかった空間が歪曲し、虚空から出現した禍々《まがまが》しい物体が、栄養食をバクンと飲み込んだ。

その物体はゆらゆらとまるで生きているかのように蠢《うごめ》き、開かれた口から鋭い歯や牙を覗《のぞ》かせる。まるでエンリが使っていた《捕食》とうり二つ、そっくりな物体が。

「……」

次に、無言で右手を虚空に突き出し、ある物体をイメージする。

すると、手のひらの前に禍々しい、黒い魔力の粒子が発生し始めた。

それはやがて収束し、一つの塊――〝黒剣〟へと変化する。俺がエンリの《捕食》を切り裂いた、あの黒剣に。

そう、俺のもう一つの悩みの種は、あれからなぜか使えるようになったこのよく分からん力のことである。

念じることで、対象物をバクリと喰らい、虚空へと引きずり込む禍々しい物体。

喰ったものがどこに行ったのかは分からない。でも、食べたものの味は感じられ、腹も膨れることから、俺の腹の中に収まっているのかもしれない。

おまけに《異空間収納《アイテムボックス》》でやたらと容量をとっていてクソ邪魔だった黒剣も、念じるだけでこうして一瞬で出したり消したりできるようになった。

正直言うとめちゃくちゃ便利で最高。この《捕食》、上手《うま》く使えば近くの物を牙で挟んで、自分が動かずとも持ってくることができるし、食事も一瞬だから口を動かす手間も省ける。クソうざい黒剣に悩まされることもない。

それだけなら最高の能力だ。最高なのだが――。

「得体が知れなさすぎるんだよなぁ」

意味分かんなすぎてきもい。

俺はエンリの《捕食》を見ただけだ。術式の解析も解読もしてないし、使えるのはおかしい。いくら俺が見て身体で覚える派の人間だとしてもおかしい。

「見た目もキモいし、こんなの使ってるところを見られたら魔人だと思われそうだし……」

そのせいで便利だけど使えない。マジでめっちゃモヤモヤする。

「あー、もうめんどい。何も考えずに寝たい……」

だが、できない。額の刻印とこれはまだしも、ラフィネたちが何で俺を見つけられるのか原因は突き止めなければ、快適に安眠することもできない。ストレスマッハで死にそう。

「…………くそ、仕方ない。あいつに頼んであそこに行って――」

俺は頭を捻《ひね》ったあと、結論を出した。

おそらく……あの場所なら、何らかの情報を得られるはずだ。

一般では一部の区画しか入れないが、あのクソ猫が許可を申請すれば入れるだろう。

腐っても魔導機関の重要人物だし。

「じれいさまあ、こまりまふ、わたひはにへませんはら……」

「…………」

いまだ幸せそうに夢の世界にいるラフィネに、更に十枚の毛布を積み上げておいたあと、俺は宿屋の扉を開ける。うんうん唸《うな》ってるけどきっと幸せな夢を見ているのだろう。

俺は死んだ顔で、重い足を動かしてある人物の下へと向かいはじめた。

あの場所……【魔導図書館】への立ち入り許可を貰《もら》うべく——クソ猫アルディの下に。

心底だるい足取りで。

一章　勇者支援国家

「――で、オレの所に来たってわけか」

魔導学園、アルディの学園長室。

俺が魔導図書館への立ち入り許可を貰いたいと頼むと、アルディは学園長室の大きな執務椅子にモフモフの身体《からだ》を沈めて、腕組みをしながらダンディな渋い声でそう言った。

「あ、ああ、お前なら許可を貰えると思ってな」

「確かに、オレならできるぜ。そりゃもう何の問題もなく」

「おお、さすがアルディ！　なら――」

へりくだった態度で「頼む」と言おうとすると。

「できるけどよぉ……　〝するかどうか〟は別だよなぁ？」

「くっ……！」

クッソ腹が立つ顔でニヤリと口元を歪《ゆが》ませるアルディ。この野郎ッ……！

アルディは「どうしよっかなぁー？　やってあげたいけど、オレ忙しいしなー？」と、ちょろちょろと俺の周りを歩き、おどけた声を出す。ぶん殴りたい。

だが待て、我慢だ我慢。魔導図書館に入るにはこいつの協力が必要不可欠。前に不法侵入して警備の目を掻《か》い潜《くぐ》ったりなんだりでめんどくさいことになったから、今回は普通に入りたい。館長を名乗る変な女に粘着もされたし。

だから、ここで本能の赴くままに殴ってボコボコにすることはできない。我慢だ、我慢しろ俺。事が終わったらボコボコにすればいいだけだ。うん。

「ま、それは冗談だ。オレとジレイの仲じゃねえか。もちろん、許可は取ってやるからよ」

歯ぎしりして耐えていると、一転してにっと笑うアルディの言葉。え、マジで⁉

「アルディ……！」

どうやら俺は勘違いしていたようだ。

コイツはただの粘着質なクソ猫で、良いところなんて何一つもないうんこみたいなやつだと思っていたが、そうではないらしい。考えを改めなければいけないな。

「ああ。それに元々、魔導図書館があるリヴルヒイロには用事で行こうと思ってたんだ。せっかくだし、ジレイも誘ってな」

アルディは「ちょうど今から呼びに行こうとしてたんだ。むしろ手間が省けたぜ」と優しい声で言ってくれる。そうだったのか。それなら良かった。

「それにほら……もう準備もしてある。ジレイが快適に過ごせるように、特別製の馬車を手配したんだぜ?」

アルディは窓の外を肉球で示す。言葉通り確かに、手配するだけで何十万リエンもかかる、高級魔導馬車が滞空していた。おお!

「うっし! んじゃま、さっそく行こうぜ。オレが御者をするからジレイは優雅にすごしてくれって。立ち入り許可は行きながら魔法で取っておくからよ」

「お前、いいやつだったんだな……!」

優しさに感動しつつ、さっそく窓から馬車の中に入る。

ふかふかの広い座席、魔導具を使っているのか快適な温度の空調。

さらには、飲み物もおやつも完備してあった。なんだこれ、最高じゃん!

「ありがとなアルディ! お前は最高の猫だ!」

俺はアルディに深く感謝し、頬をふかふかの座席につけて寝転がる。神すぎぃ……。

「礼はいいっての。なんせ――」

アルディがそう呟《つぶや》き、パチンと指を鳴らした。

そのときだった。

「ファッ!?」

どこからか飛び出てきたロープが俺の身体を一瞬で拘束。

ガチャリと後ろ手に何かが施錠されたような音が鳴り、俺は混乱のあまり硬直。

えっ、いや……え？　え？

「――オレはこれから、ジレイにとって酷《ひど》いことをするんだからなぁ？」

にちゃぁ……と極悪人のような悪い笑みを浮かべるアルディ。お、おまっ。

「ど、どういう」

意味が分からず聞こうとすると。

「おーい、〝イヴ嬢〟！　〝レティノア嬢〟！　ジレイ捕まえたぜー！」

アルディは俺が乗っている魔導馬車の方――正確には俺の座席の後ろに声をかける。

「ん、お手柄」

「ししょーだ！　おはよう!!」

背後から、ものすごく聞き覚えのある声が聞こえてきた。

俺は荒くなる呼吸と冷や汗が止まらなくなる身体で、振り向く。嘘《うそ》だろ嘘っていってくれ。

「学園長、ありがと。これでレイといっしょ」

「リヴルヒイロにいくって聞いたから！　わたしたちも一緒にいくぞ！」

その少女たち――イヴは俺の隣に座って身体を寄せ、レティは俺の頭に抱きつき、ぐりぐりと顎を乗せて楽しそうに笑う。

「………アルディ？」

アルディに顔を向け、説明を求めるが。

「むしろ手間が省けたって言ったろ？　最初は普通にオレの用事でリヴルヒイロに行こうとしてたんだけどよ。イヴ嬢にジレイを捕まえるにはどうすればいいかって相談されてな。そこでこう、せっかくだしこの機会にちょいちょいっと」

「ふざけんなクソ猫ボコる」

さっきまでの全部訂正。やっぱりこいつクソ。絶対に許さない。

「くっ、こんな拘束、余裕で――」

魔力を身体に込め、抜け出そうとするが。

「おっと、やめておいた方がいいぜ？　そんなことしたら……壊れちゃうからよ」

「はぁ？　別にそんなの俺には関係ないだろ」

この魔導具が壊れようとどうでもいい。俺のじゃないし。むしろ率先して壊したい。

「まてまて。その魔導具、よく見てみろって」

「何を言って……？」

俺は言われた通り、身体を拘束するロープの魔導具と、後ろ手に施錠されている魔導具を顔を動かして見る。別に普通のまど……こ、これってまさか――!?

「気付いたか。そう、その魔導具――古代遺物《アーティファクト》は世界に三つしかない《千檻縛紐《サウザゲフエニ》》と、世界に五つしかない《城条錠前《シュロシエリユツセル》》の魔導具だ。ジレイなら、いやジレイだからこそ、壊せるわけないはずだぜぇ？」

「くっ！」

悔しくて悔しくて、震える。その通り過ぎて。

「だ、だけど解除すればこっちのもんだ」

「おいおいジレイ。《千艦縛紐《サウザゲフエニ》》と《城条錠前《シユロシエリユツセル》》の効果を知らないわけじゃないだろ？　そうやすやすと解除できるとでも？」

「確かに、時間はかかるかもな。だが《空間転移《テレポート》》で逃げてからゆっくり解除すればいいだけの話だ。俺なら解除できる。問題ない」

俺は一瞬で《空間転移《テレポート》》の魔法陣を展開させる。

こいつの敗因は、俺を見誤ったこと。確かに魔導具は壊せないが、俺を捕まえようなんて甘い甘い。さて、逃げた先でゆっくり解除してこの魔導具を頂戴しますかね。

「ジレイ、忘れてるようだから言っておくけどよ……《千艦縛紐《サウザゲフエニ》》は対象の身体能力の低下と、《身体強化》魔法の阻害。《城条錠前《シユロシエリユツセル》》は魔力を制限し、吸い取る効果がある。つまり、ジレイは縛られていて動きにくいし、その上、能力まで制限されるってわけだ。……そしてな、オレの魔法系統、《能力強化《バフ》》が得意な――――支援寄りなんだぜ？」

ニヤリと笑うアルディ。

その声を最後に、俺は青白い光に包まれ、その場から消える。

まったく、この猫は何を言っているのか。

こいつの魔法系統なんて別にぜんぜん、俺には関係ないはずだ。

そう、関係な――


「あっ」


二時間後。

「誰か助けて」

普通に捕まった。ちくしょう。

◇

そんなこんなで、魔導馬車の中でストレスで吐きそうになっている、いまに至る。

「〝王女様〟、レイが嫌がってる。もう少し離れて」

「大丈夫です。ジレイ様と私は相思相愛ですので。むしろ〝イヴさん〟こそ身体《からだ》を寄せすぎではないでしょうか？　もう少し離れた方がいいかと」

「そんなことない。それに、レイはわたしの方が好き。王女様のそれは勘違い」

「いえ、ジレイ様は間違いなく、ええ間違いなく私の方が好きなはずです。イヴさんは二番手で、本妻が私です」

「違う。王女様が二番手。レイを好きな気持ちもわたしの方が上」

「私が本妻です。ジレイ様を好きな気持ちも私が上です」

「違う、わたしが本妻」

「私です」

「わたし」

「ししょー！　ししょー!!　すごいぞ！　あんなに人が小さく見える！　すごい!!」

ラフィネとイヴは馬車に乗ったときからことあるごとに俺を間に挟んで、妄言の言い合いをしているし、レティは俺の髪をひっぱって無邪気に笑っている。こんなことになるなら、アルディなんて頼らずに不法侵入すれば良かった。

「さすがジレイ、モテモテだなぁ！　いよっハーレム冒険者！　羨ましいぜまったくぅ!!」

「ぶん殴るぞマジで。マジで」

魔導馬車の手綱を取りながら、ヒューヒューと無駄に上手《うま》い口笛を吹いてふざけたことを言ってくるクソ猫。マジでボコボコにして泣かしたい。

「……てか、なんでラフィネがいるんだ。まだ朝からそんなに経《た》ってないはずなんだけど……寝てたよな？」

アルディをぶん殴りたい気持ちを抑え、右隣に座って密着してくる少女――ラフィネに聞く。

イヴやレティは初めから馬車に乗っていたから分かる。だが、ラフィネには何も伝えてすらいない。

なのに出発する少し前に当たり前のように現れ、俺の隣に座ってきた。意味わかんない。

聞かれたラフィネは嬉《うれ》しそうな顔で。

「はい！　起きたあと、宿屋にアルディさんからお誘いの魔導手紙が届きまして……『リヴルヒイロへの楽しいニコニコ旅in魔導馬車（ジレイもいるよ）』と書いてあったので、ありがたく参加させていただきました!!　他国へ赴くとのことですので、変装も完璧です!!」

「アルディ⁉」

何やってくれちゃってんのお前？

俺の視線を受けたアルディは、フッと笑ったあと、慈愛に満ちた目を向けてくる。

「いやいや、〝恋人〟なのに一人だけのけ者なんてかわいそうだろ？　大丈夫だ、オレは分かってるからよ……ジレイとユニウェルシアの姫さまが、密《ひそ》かに恋仲だってこと。それにイヴ嬢とレティノア嬢まで手込めにして……さすがだよお前は。俺も男として応援してるぜ……！」

「なるほどなるほど。で、本音は？」

「はたから見てる分にはおもろいと思って呼んでみた」

「よしこっち来い。ボコボコにしてやるから」

素知らぬ顔で口笛を吹き、手綱を握るアルディ。事が終わったら絶対ボコボコにする。

「くッ、この魔導具がなければ、今すぐにでも逃げられるのに……」

身体を拘束している魔導具に対して、苦々しげに呪詛《じゅそ》を吐く。

……いや、一応この状態でも逃げられるには逃げられる。

《千艦縛紐《サウザゲフエニ》》で身体能力を制御され《城条錠前《シュロシエリユツセル》》に魔力を吸い取られまくっていても問題なく動けるし魔法も使える。普通は歩くことすらできなくなって、魔力欠乏で衰弱していって最悪死に至るらしいけど。そんなヤバいの俺に使うな。

たし。

俺は別に、手足が縛られているこの状態でも逃げられる。現にさっきまで何回も逃亡し

《空間転移《テレポート》》で遠くまで転移し、行使した反動で死にそうになる身体を動かして、うさぎ飛びでぴょんぴょん高速移動しながら逃げた。逃げまくった。

しかし、その度に《探知魔法》で周囲一帯を探知され、《自己強化《バフ》》をしてとんでもない速度で高速移動するアルディとの鬼ごっこが始まり、結局捕まって連れ戻される始末。

それでもギリギリ、《身体強化》をほぼ使えない状態の俺が速度で勝《まさ》ったのだが、古代遺物《アーティファクト》の解除にはさすがに数分はかかるし、追い掛けてくるアルディから逃げながらでは無理だった。

……で、結果的に諦め、いまこうしてリヴルヒイロに連行されているという現状。

ぶっちゃけ、この魔導具さえ壊してしまえば余裕で逃げられる。

……が、それは俺の気持ち的にしたくない。

いくらアルディの所有物だとしても、貴重な古代遺物《アーティファクト》を俺の手で壊したくない。命を狙われているとか殺されそうとかの状況なら話は別だけど。

「王女様。少し前――〝古代遺物展覧会《アーティファクトショー》の日の夜〟に話したこと、覚えてる？」

「もちろんです。私の気持ちは、あの日お話しした通り変わりません」

「……そう。なら、いい」

魔導具好きな己を恨んでいると、イヴがラフィネに話しかけ、よく分からんやりとりを行う。

……そういえば、馬車で初めて会ったはずなのにまるで前に話したことがあるような口ぶりだった。古代遺物展覧会《アーティファクトショー》の日に何か話でもしていたのだろうか。

「それと……イヴさん。私のことはどうぞ、ラフィネと呼び捨てにしてください。王女の身ではありますが、それとは関係なく対等でありたいですから。……あまり、お友達も居なかったので」

「分かった。わたしもイヴでいい」

「あと、替えの服があまりないので、よければ洋服とか一緒に見て貰《もら》えたら嬉しいです」

「ん、構わない」

「お前ら本当は仲いいだろ」

いがみあっているのか仲がいいのか分からない二人。というかさっきから俺を間に挟んで話すのやめてください。

「――あーっ！　見えてきたぞ！　リヴルヒイロだ!!」

そんなこんなで死んだ顔で精神修行を味わっていると、目的の国が見えてきた。

「やっとか……これで解放される……」

やっとこの空間から出られる……さすがにリヴルヒイロについたら拘束も外してくれるだろうし、入国して魔導図書館への立ち入り許可証を貰ったら即行で逃げて用事を済ませよう。で、アルディをボコりに行こう。そうしよう。決定。

その後、リヴルヒイロの関所近くで魔導馬車を停《と》め、俺たちは入国するための申請書を出すべく、ぞろぞろと移動し始めた。

魔導具の拘束も解いて貰ったし、これで入国できればあとは自由。

すでに走り出す準備はできている。行くぜッ……！

さっそく、アルディが代表として申請書を出して、入国許可を貰おうとするが——

◇

「……は？　入国できない？」

受付で衝撃の事実を聞き、俺は思わず間抜けな声を出した。

「申し訳ありません……【一般区域】のみの入国であれば許可を出せるのですが、魔導図書館がある【特別区域】となると、皆様に許可を出すのが難しく……」

申し訳なさそうな顔で、平謝りする受付の女性。

入国できないって……アルディが魔法で連絡して、許可を取ったはずなんだけど。

「えっと……オレ、ちゃんと許可は取ったはずなんだけど」

「はい。アルディ様から魔導機関経由で連絡が来ましたので、魔導図書館への立ち入り許可証は発行することができます。ですが、その区域への立ち入りを許可することができません」

アルディが戸惑いながら聞くも、許可はできないの一点張り。それに魔導図書館には入れるけど、その区域には入れないって……どういうことだ？

「それが最近、【復興区域】に住んでいる一部の反勇者派の方たちが激化していまして……【特別区域】への移動の際に、〝勇者パーティーの一員〟である皆様に危害を加える可能性が高いんです。あと……その、失礼ですがいくらアルディ様の口添えでも、D級の方とそちらの方々では、身の安全を保証することができなくてですね……」

受付は簡単に説明をしてくれた。あー、なるほどそういう……。

「めんどくせ……」

なんで入国できないのか理解した。怠《だる》すぎて肩を落とす。

「つまり、魔導図書館がある【特別区域】へ行くには【復興区域】を通る必要があるので、身を守るすべを持たない私たちでは、許可を出せない。ということですか？」

「そういうことになります。加えて、【復興区域】には過去の戦争で奴隷として連れてこられ、人間に虐げられた恨みを根強く持っている獣人種の方が多く……実力を証明するものもないとなると、簡単に許可を出すわけには行かないんです」

ラフィネの問いに、受付は申し訳なさそうに頭を下げた。

この国、リヴルヒイロは、勇者を支援することに重きを置いている国家──【グランヘルト帝国】の保護下にある国だ。

ヘルト大陸の領土の三割を占める、グランヘルト帝国。

その保護下にあるリヴルヒイロも当然、勇者を支援することを掲げている国家。

勇者とそのパーティーメンバーは、ほぼ全ての宿屋や飲食店、武器屋などの様々なところで九割引になり、国民の多くに気持ち悪いくらいの手厚い歓迎をして貰える。

どのくらい歓迎して貰えるのかといえば、勝手に家に不法侵入して、ツボやタンスを漁《あさ》っても国からのお咎《とが》めがないほどだ。ただの犯罪者だから普通に捕まえろや。

そして、リヴルヒイロは大きく三つの区域──

【一般区域】【特別区域】【復興区域】に分けられている。

【一般区域】はその名の通り、一般の、誰でも入国許可を貰えれば入れる区域。

リヴルヒイロの八割を占めていて、住民のほとんどがここで暮らしている。犯罪率も低く、街も発展していて住みやすい。

ここだけ見れば、リヴルヒイロはかなりいい国だ。実際、納める税金が低いお陰で生活水準が高く、住みやすいことは間違いない。

だが——他の二つ、【特別区域】と【復興区域】は違う。

【特別区域】はその名の通り、一般では入れず、許可証を持った特別な者しか入れない区域。居住には適さず、住むことも禁止されている。

【魔導図書館への扉】の一つがあるのもここで、他にも、底が見えないほど深い谷【試練の谷】などの迷宮《ダンジョン》があったりする。

風の噂《うわさ》では、グランヘルト帝国が実験に使っていた区域だとかいわれているが……まあ、色々ときなくさい噂がある区域だ。【試練の谷】なんて、前は【怨嗟《えんさ》の谷】って名称だったのに変わっているし。

そして最後——【復興区域】。

ここは、数年前に突如として現れ、リヴルヒイロを襲った〝悪魔〟が暴れて壊滅状態に陥った区域で、数年経ったいまもなお復興作業中の区域。

居住区には、かつての戦争で連れてこられた獣人種の者たちが多くを占め、その中には、街を襲った〝悪魔〟に家族や友人を殺され、一歩間に合わず助けられなかった勇者の存在に恨みを持っている者が少なくない。

「タイミング悪すぎだろ……」

前に俺がこの国に来たときは、【復興区域】にも簡単な許可を貰い、普通に入ることができた。

あの頃も確かに、人間を嫌っている獣人種の者もいたが、好意的に接してくれる者の方が多かった。一般でも普通に入れたし……。

「【攻】の勇者であるレティノア様だけであれば、許可を出せるのですが……」

受付はレティに目を向ける。レティであれば自分の身は守れるだろうし、問題ないってことだろう。

「だってよ、レティ。じゃあここでお別れってことで。俺は一人で入国するから――」

「いやだー！　ししょーも一緒じゃなきゃいやだ！」

一人で入国して、許可を得ずに【魔導図書館】に不法侵入しようと考えるも、しがみついてきたレティに止められる。このッ……離せ！　離せコラ！

「――まあ待てジレイ。ここはオレに任せろって」

レティを引き剝がそうとしていると、アルディが自信ありげな表情でそう言い、受付の方に顔を向ける。

どうやら、何か策があるようだ。そもそも、お前がちゃんと連絡を取って詳しいこと聞いてないからこうなってるんだけどな。

「なあ嬢ちゃん。頼むよ、オレの顔に免じてさ」

「アルディ様、申し訳ありませんが学園長の貴方《あなた》でも、許可はできません」

「だけどよ、絶対に入らせちゃダメっていうわけじゃないだろ？」

「身の安全の保証ができない限り、私個人の独断で許可することはできかねます」

「大丈夫だって！　ジレイはＤ級だけどクソ強いし、あっちの黒髪と水色髪の二人も強いと思うし、何ならオレが護衛するからよ！」

「で、ですが……」

「なぁ～頼むよ～お願いだよぉ～！」

断ろうとする受付に、アルディはくりくりの瞳を潤ませ、上目遣いと甘えるような猫撫《ねこな》で声《ごえ》で必死にお願いをする。その様子は可愛《かわい》らしい猫そのもので、受付が「うっ……」とたじろいでいるのが分かった。

数分後。

「わ、分かりました。では、アルディ様が護衛をするという条件付きであれば……」

アルディの説得の甲斐《かい》あってか、はたまたその可愛さに負けたのか、受付がそう言った。

「おお！　ありがとよ！　ほんと、助かるぜぇ…………くく」

受付から見えないように顔を背け、「計画通り」とでも言いたげな極悪人顔をするアルディ。やばいなお前マジで。

……まあ、何はともあれ入国できるならいいか。

そもそも魔導図書館に用があるのは俺一人。ラフィネたちに着いてきて貰う必要性はない。

ここは取りあえず入国しておいて、そのあとにどうにかして俺だけ【特別区域】に向かえばいいだろう。…………色々と危ないだろうし。

許可も無事取れたので、俺たちは許可証を貰おうとするが。

「――駄目だ。許可するな」

背後の方から、凍《い》てつくほど冷たい声色の、男の声が聞こえてきた。

同時に、周囲で入国受付をしていた人たちがざわめきを見せ始める。

「で、ですが……【才】の勇者様。アルディ様の護衛があれば問題ないかと――」

「聞こえなかったか？　俺が駄目だと言っている。口答えをするな」

赤髪に、金色に輝く瞳。

顔立ちは眉目秀麗で整っていて、長い睫毛《まつげ》と切れ長の目が色気すらも感じさせる。

けっこう、いやかなり顔が整っている男だ。俺と同じくらい整っているかもしれない。

堂々とした態度でこちらに歩み寄る男。

冷たく、命令するかのごとく尊大な口調で、こう言った。

「感謝しろ。〝【才】の勇者〟である俺が、お前らに命令してやる。D級、白魔導士、黒髪

女、【攻】。いますぐ俺の前から――消え失《う》せろ」

◇

「……こりゃまあ、いきなり出てきて随分なご挨拶だな。俺の記憶では、勇者に命令する権限なんてなかったはずだが？」

「それがどうした？　俺が失せろと言っている。早く消え失せろ」

失礼すぎる態度で指図してきたことに抗議するも、ギロリと冷たい目で睨《にら》み、有無を言わせぬ口調で命令してくる男。

「……」

俺は無言で、男を観察する。

まず視界に映るのは、男が身体《からだ》にまとっている、白銀に輝く全身鎧《よろい》。

腰には赤い鞘《さや》に納めた【聖剣】であろう剣を装備していて、籠手《こて》、鎧、グリーブ……その全てが一級品の素材で作られた代物だと分かる。

だがそのどれよりも、目を引くものがあった。

「なんだ、D級。濁った目で俺を見るな」

男の頭部――人種には存在しない、毛で覆われた狼《おおかみ》のような獣耳を見て理解する。あと濁った目は余計だ。

〝狼獣人《ウェアウルフ》〟

ここから遠く北に離れた、獣人種が多くを占める大陸――【ベスティア大陸】の各地に先住していて、狼のような容姿に、発達した大きく鋭い爪や牙、高い外壁をも楽々と越えることができるほどの卓越した身体能力を持っているのが特徴的な種族。

しかし目の前の男は、爪も牙もない、頭部の耳以外は至って普通の人間だ。……おそらく、人の要素を色濃く受け継いだ、半獣人というやつだろう。

「ああ。〝これ〟か。……本当にお前ら人間は度し難い」

男は不快そうに舌打ちをして悪態をこぼす。ん、何でこいつ怒ってんだ。

「あー、別にそういうわけじゃないんだ。気を悪くしたならすまん。ただ珍しいと思ってな」

「……フン。心にもないことを」

失態に気づき、謝罪する。悪いことをしてしまった。

獣人種――特に半獣人は戦争が終わって数年が経《た》った今でも、侮蔑の目を向ける人間がいる。

〝人間にも獣人にもなれないなり損ない〟と獣人種に馬鹿にされ、人間にも〝汚れた存在〟として蔑まれる。昔と比べたら、それもマシにはなったんだが……それでも、差別視をする心ない人が少なからず存在しているのが事実だ。

こいつも、俺の視線を見下していると感じたのだろう。俺はそういうのマジで嫌いだから違うんだけども。

「【才】の勇者、と仰《おつしや》いましたか。私たちが貴方に命じられる謂《いわ》れはないはずです。そもそも、初対面なのに失礼がすぎます。お引き取りください」

「ほざくな。弱者は強者に従うのが自然の摂理だ。お前らはただ、黙って従っていればいい」

「それはちがう。弱いから従うなんてない」

「ほう？　口だけは達者なようだな。お前ら弱者は一丁前に権利を主張する。滑稽なことだ」

「――ッ！　この――」

ラフィネとイヴが反論するも、小馬鹿にしたように嘲笑して肩をすくめる男。何を言っても男の態度は変わらず、売り言葉に買い言葉で口論は熱を増していく。めんどくせぇ……。

……このまま話していても主張がかみ合わず、平行線のままだ。周りからの注目も集めてしまっているし、居心地も悪い。ここは、俺がビシッと言ってやって穏便に――

「おいおま――――？」

男の下へ動こうとするも、グイッと何かに引っかかったような感覚に、足を止める。

振り返って見てみると――レティが、俺の服の裾をぎゅっとつかんでいた。

その様子はどこか怯《おび》えているようで、うつむいたまま瞳を揺らし、唇を一文字に結んでいる。どうしたんだ？

「レティ？　どうした？」

聞いてみるも、ふるふると首を横に振るだけで、何も言おうとしない。

あのいつもうるさく喧《やかま》しいレティが、無言でただうつむいている。

考えてみれば、レティはこの男が現れてから、様子がおかしかった。隠れるように俺の後ろに身を隠し、黙って身を縮こまらせていた。

「おい、【攻】。さっきから何をしている？　早くこの雑魚どもを連れて失せろ。不愉快だ」

「……っ！　あ――」

「まさか、嫌とは言わないだろうな？」

「……ぁ、ぅ」

男が命令する度に、レティが怯えたようにうつむき、俺の裾を摑《つか》む力を強くする。

何かに怯えたように、恐れるように。

こいつがレティに何をしたのかは分からない。

もしかしたら、お互いに勇者として、過去になにか確執があったのかもしれない。いつも元気なレティがこんな状態になってしまうほどだ。何かあるのは間違いないだろう。

……まあ、俺には関係ない。関係ないが――

「この、〝ガラクタ〟が――」

「うるせえな」

俺はレティを隠すように立ち塞がり、男の前へ身体を出す。

「……聞き間違いか、D級？　この俺に――」

「〝うるせえ〟、っていったのが聞こえなかったか？　口を開くな、耳障りなんだよ」

「愚弄と受け取る。【フォルテ独立国】の王太子であり、【才】の勇者であるこの俺へのな」

「へぇ？　お前って偉いんだな。そうかそうか、勝手に突っかかってきてハエみたいに纏《まと》わり付いてワーワー喚くから、偉い人だと思わなかったよ。いやー悪い悪い」

「貴様っ……！」

射殺すような目で睨んでくる男。沸点が低いようで困っちゃいますわ。

「それに、『弱者は強者に従うのが自然の摂理』？　なら、お前が俺に従わなくちゃおかしいはずだが？」

「笑わせる。勇者である俺に、D級のお前が勝てるわけがない」

フンと嘲笑し、俺を見下す男。……ああ、ムカつくな本当。

「レティ」

俺は後ろを振り向き、縮こまって怯えているレティに声をかける。

レティはうつむいていた顔を上げ、不安そうな瞳で俺の方を見た。

レティをこんな状態にする詳しい原因は分からない。だが、この男が関係していることは間違いない。

「大丈夫だ」

怯えるレティの頭に手を乗せ、ただそれだけ言って、男の方に向く。

「俺が勝てるわけない？　そうか、じゃあ、証明してやるよ」

レティの怯えた顔を見てから、腹の底から湧き上がるイライラとした感情。

別に、それに対して腹が立ったとかじゃない……と、思う。レティが泣こうがどうなろうが、俺には知ったこっちゃないことだから。

だから、ただ、俺は事実を述べるだけで、したいようにするだけ。

俺は俺のために、こいつを。

「俺がお前より――――強いってな」

ムカつくからボコボコにする。それだけだ。

◇

「ほう、D級の雑魚の癖に吠《ほ》える。いいだろう、そこまで言うのであれば相手をしてやる。精々、後悔す――」

「――〝若〟！　こんなところにいたんですか！」

男がにやりと嘲笑し、了承しようとすると背後から大きな声と共に、大きな足音をたてである人物が割り込んできた。

「申し訳ない。若がとんだご迷惑をおかけして――」

男を〝若〟と呼んだその人物は、俺たちを見るなり腰を折り、申し訳なさそうに頭を下げる。

まず、最初に思ったことは。

「でけえ……」

俺の二倍はありそうな背丈と、胸当てが窮屈そうなほどのがっしりと鋼のように逞《たくま》しい身体を見て、思わず声を漏らしてしまう。

狼のような相貌に、岩すらも容易《たやす》く切り裂けそうな鋭い爪。

口からは尖《とが》った巨大な牙を覗《のぞ》かせていて、一咬《ひとか》みで人間なんて容易く絶命するんじゃないかと思わされる。

狼獣人《ウェアウルフ》の中でも一際大きな体軀《たいく》をしたその人物は、凶暴そうな見た目に反して低姿勢で頭を下げ、俺たちに謝罪をしていた。

「邪魔するな。今からこのD級に身の程を教えてやるところだ。引っ込んでいろ」

「ここはフォルテ独立国じゃないんです。他の方に迷惑をかけないようにって言ったでしょう！」

「お前が勝手に言ってきただけだ。俺は了承もしていない」

「若！　ああ、本当に申し訳ない。若には言って聞かせるので……」

ふんとそっぽを向く男に、狼獣人《ウェアウルフ》の男は頭に手を当てて嘆息した。凶暴そうな顔を嘆かわしげに歪《ゆが》めているその姿は、なんというか、聞き分けのない子供に言い聞かせているかのようだ。

どうすればいいのか分からず戸惑っていると。

「…………うーん、オレ、こいつと前に会ったことがある気がするよーな。フォルテ独立国、狼獣人《ウェアウルフ》…………うん？　お前まさか――ウィズダムか!?」

先ほどまで黙ってうんうん唸《うな》っていたアルディが、何かを思いだしたかのようにそう叫んだ。

「え、アルディさん!?　そうですウィズダムです！」

「久しぶりじゃねえか！　お前、でかくなったなぁ！　つまり、その坊主が探してた……

そうか、見つかったんだな」

「ええ、おかげさまで。その節はお世話になり――」

久方ぶりに会った旧友と話すがごとく、話に花を咲かせるアルディとウィズダム。

どうやら、二人は知った仲らしい。この猫、本当に無駄に顔が広い。マジで無駄に。

「おい、アルディ。どういうことだよ、話してないで説明してほしいんだが」

「ああ、悪い悪い。えっとな、ここにいるウィズダムとは昔、エーデルフ国で一緒に魔法を研究してた仲でよ。あの頃は日夜、研究に明け暮れて――」

「いや、それはどうでもいい。結局、誰なんだ？　あいつのこと〝若〟って言ってたけど」

「そりゃあの坊主、マジの王子だからな」

「はぁ？　〝フォルテ独立国〟なんて聞いたことないんだが」

「……まあ、知らないのも無理はねえな。だけど、ジレイでも〝エーデルフ騎士団〟のことは少しくらい聞いたことあるだろ？」

〝エーデルフ騎士団〟。確かに、聞いたことがある。

ベスティア大陸で最も高名で、気高く高潔な騎士道を持つと言われる騎士団の名称。

騎士団員は全員、厳しい入団試験を潜《くぐ》り抜けてきた様々な獣人種の猛者であり、団員は三百名ほどしかいない。

　だがその戦闘能力は極めて高く、獣人種の高い身体能力と、少数精鋭ゆえの息の合った連携、的確な判断を下す司令塔の指示、その全てが嚙《か》み合い、辺境にある小国の騎士団なのにもかかわらず戦争では負け知らずで、その勇名はここヘルト大陸にも轟《とどろ》くほど。

　そんなに強いのであれば、もっとでかい国になってそうだが……そのつもりがなかったのかなんなのか、自分から吹っ掛けることはなく、防衛のためだけに戦っていたらしい。騎士としての信条かなにかがあるのだろう。

　実は俺も修業時代に噂《うわさ》を耳にして、強いやつが多いと聞いて手合わせをお願いしにいったときがあった。

「確かに、名前くらいは知ってるけど。解団しただろ？　国もなくなってたし」

　俺が出向いたその頃には国がすでになくなっていて、騎士団も解団されたと聞かされた。もちろん、ワクワクしながらクッソ遠い所まで出向いてきた俺のテンションは地に落ちた。

「ああ、一度、理由があって解団したんだけどよ。そのあと、新しく国を作ってまた結団したんだ。今度は、ベスティア大陸の十の国を制圧し、統合してな」

「…………マジ？」

「マジだ。んで、あの赤髪の坊主が数年前、小国だったときにさらわれて、行方をくらましていた王子で、騎士団副団長――ルーカス・フォルテ・エーデルフってことだ」

「マジ？　マジで王子？」

「マジだぜ」

どうやら、嘘《うそ》じゃなかったようだ。そうか、本物の王子か……それも、十の国を統合した大国の王子。おまけにクソ強い騎士団の副団長と来た。なるほどなるほど。つまり、目をつけられたら確実に面倒くさいことになる相手ってことか。

……ふーん？　いや、別にぜんぜんビビってないけどな。不敬罪で捕まるんじゃねやばくねとか思ってないけどな。マジでマジで、欠片《かけら》も思ってない。

ちらり、とうつむいているレティを見る。唇を結んで、不安そうな顔。

一瞬だけ、下手に出ようかとも思った。俺にプライドなんてものはない。面倒くさいことになりそうなら頭だって余裕で下げる、俺はそういう男だ。

……だけど、まあ。

「ま、いいか」

一言、それだけつぶやいた。

不敬罪で捕まるにしても、騎士団に追われることになったとしても、俺はボコると決めた。

その結果として、面倒ごとになったらそれはもうしょうがない。何よりも、俺は俺の感情に嘘はつきたくない。ボコりたいからボコる、それはもう決定事項で、決まったことだ。

「でもよ、むかし会った時はそんなんじゃなかったよな？　もっと素直で、『俺は騎士になるんだ！』って純粋な子供だったじゃねえか」

「……過去は過去だ。誰しも、年月が経《た》てば変わる。当たり前のことだ」

「ふーん？　そういえば、もう一人の坊主はここにいないのか？　確か、双子だったよな」

「……ヘンリーは、もういない」

「あっ（察し）…………悪ぃ」

「フン、過ぎたことだ」

やっちまった顔をするアルディに、目線を逸《そ》らし、そっぽを向いて苦々しげに返答する男──ルーカス。話が見えないが、なにかあったんだろうか。

「そんなことはどうでもいい。それよりＤ級、証明してくれるのだろう？」

「ああ、できれば観衆がいない方が助かるな」

「元よりそのつもりだ。ついてこい」

ルーカスは返事を待たずに歩き出す。

俺もそれについて行こうと足を動かすが。

「──待ってください！」

制止の言葉に足を止め、振り返った。なんだ？

「……黒髪女、邪魔をするな」

ルーカスは舌打ちをして、止めてきた少女、ラフィネに苦言を呈する。

「一つ聞かせてください。ここでジレイ様が勝てば、私たちの入国を認める、ということでしょうか」

「そうだ。だが、この男に護衛され、常に行動を共にすることが条件だ。単独行動は認めん」

「えっ」

なにそれ初めて聞いた。

常に行動を共にするって、ストレスで俺死んじゃうんだけど？

まあ、かまわず別行動すりゃいいか。入国しちまえばこっちのもんだ。ラフィネたちも【特別区域】には来させないようにするし。

常に行動を共にしろと言われて、ラフィネが喜んで了承する、そう思っていたのだが。

ラフィネの口から出た言葉は、予想外のものだった。

「でしたら、嫌です」

「……なんだと？」

でたのは、拒否の言葉。

「嫌ですと言いました。ジレイ様に護衛をしていただくつもりも、守って貰《もら》うつもりもありません。私はジレイ様を頼って守られるだけの人間になるつもりは、毛頭ありませんので」

「ほう」

「ジレイ様を少しでも支えられるようになりたいから、これまで頑張ってきたんです。頼り切りになって、負担になりたいとは思っていません。ですからそれは嫌です」

ラフィネは、まっすぐにルーカスを見据え、一つ一つ、自分の意志を発言した。その瞳は強く、信念の灯火《ともしび》が宿っていて、ラフィネの中で譲れない何かがあるのが分かる。

「ならば力を示すがいい。ちょうど、そこに俺の配下のウィズダムがいる。口だけではないことを、弱者ではないことを示せ」

「分かりました。ではその方に勝てば、私個人としての入国を認めていただきます」

「いいだろう」

「お、おい――」

話がトントン拍子にあらぬ方向に進んでしまい、慌てて止めようとするが。

「ジレイ様、大丈夫です。私……けっこう強いですので」

微笑《ほほえ》み、「ご心配、ありがとうございます」と俺の手を優しく包みこむラフィネに、言葉を飲み込む。いや、強いって言ってもさすがに――

突然の展開に困惑していると。

「わたしも、やる」

「へ？」

なぜか、イヴもやると言い出した。

「足手まといになんてなりたくない。自分の身は自分で守る。だから、わたしもやる」

「い、いやでも、そもそもイヴは白魔導士で――」

「俺のパーティーには白魔導士もいる。それに勝てば認めてやろう」

「わかった」

「え、ちょ」

「よし！　じゃあ決まりだな！　【攻】の勇者パーティーと【才】の勇者パーティーの対抗戦、場はこのオレ、アルディ・アウダースが設けさせて貰うぜ！」

「おい――」

アルディが宣言し、ラフィネやイヴが戦意を固めるように瞳に闘志を込める。

その後、俺が反対するも二人の決意は変わらず、なぜか俺だけではなく、ラフィネ、イヴを含めた三人で【才】の勇者パーティーとの対抗戦をすることになった。

二章　対抗戦

「————ジレイ様～見ててください！　私、頑張りますから！」

「オオー、ガンバレーオウエンシテルゾー」

場所は国を覆う外壁に沿って移動して、開けた平原地帯。

即席で用意された観客席に座った俺は、闘技場のようなフィールドの上に立ち、元気に手を振ってくるラフィネにひらひらと手を振り返し、棒読みで応援していた。

「……こんなつもりじゃなかったんだが」

元気に準備運動をしているラフィネを見て、がっくりとため息をつく。

「ジレイ、そんなに心配すんなよ。《競技戦場《バトルフィールド》》もかけたし死ぬことはねえ。それに嬢ちゃんたちなら大丈夫だって」

「……別に、心配なんてしてねえよ」

アルディは俺を見て「ジレイは過保護だからなぁ～」と豪快に笑う。そんなんじゃない。

「そもそも【魔導図書館】には俺一人で行くんだし、こんなことする必要もないだろ」

「あー、それなんだけどな。その、えっと」

「？　なんだよ？」

言いづらそうに口をもごもごさせるアルディ。

「……どうせあとで分かるしいいか。それより、そんなに心配しなくて大丈夫だって。イヴ嬢と姫様にも勝ち目はあるし。何よりも、その心意気を認めてやれよ」

「まあ、それはそうだが」

やる気満々な様子ではりきっているラフィネを見る。

確かに、その心意気は大した物だ。自らの曲げられない信念のために、強者に立ち向かえる覚悟を持っている者は少ない。それは俺だって分かっている。

のだが。

「……」

無言で、がしがしと頭を掻《か》く。

ちゃんと理解している……が、なぜか落ち着かないのだ。

ラフィネたちが戦うところを想像すると、頭がモヤモヤして無性に落ち着かなくなる。

というか、アルディはこう言っているが俺は心配なんてしていない。

イヴはどうあれ、ラフィネは言霊魔法を使って大抵の敵は触れることもなく無力化できる。するわけがない。

そもそもラフィネはか弱い少女じゃない。もしそうだったとしたら、俺はとっくの昔に縛ってでも国に強制送還している。王女が一人歩きしているなんてクソ危ないし。

だから俺は、別に心配なんてしてしていない。

さっきからずっとそわそわと貧乏ゆすりしているが、心配だからじゃない。

確かに、《競技戦場《バトルフィールド》》内であれば死んでもなかったことになる。でもこれは死んでないわけじゃなく、一度死んで蘇《よみがえ》っているだけだ。厳密には『時間を巻き戻して肉体を戦闘前の状態に戻す』という効果なので、巻き戻るが正しいが……。

それでも戻るのは肉体だけだ。記憶ははっきりとある。だから、一瞬で死なない限り痛い思いはするし、中には自分の死がトラウマになって二度と戦えなくなったものもいる。

ちなみに、《競技戦場《バトルフィールド》》は双方の了承があって初めて成立する魔法だ。事前にきちんとしたルールを決めて、お互いが納得した場合のみ行使できる。これはこうした制約をかけることで強力な魔法を使えるようにするという魔術理論が関係していて、そもそも《競技戦場《バトルフィールド》》が生まれたのもはるか昔にあった高名な魔術師同士の決闘から……ってそれはどうでもいいか。

「──アルディさん。もう一度確認させて欲しいのですが、ルールは『自らの意思で降参もしくは戦闘不能になった方が敗北』で、『魔法・武器・呪術……使えるものは何でもあり』……でよろしいでしょうか？」

「それで問題ないぜ。魔導大会と同じルールだな」

「……《操作魔法》で強制的に降参と口にさせる、などはできないということですね」

ラフィネは真剣な表情でこくりと頷《うなず》く。

「分かりました。私は準備できたので大丈夫です」

「了解、ウィズダムもいけるか？」

「俺も大丈夫です」

アルディは双方の準備完了の言葉を聞いて、

「うっし、じゃあ始めるかー！」

両手で抱えていた大きな球体――魔導具の《戦場《フィールド》》を起動させ、宙に放り投げた。

「【攻】と【才】の勇者パーティー同士の対抗戦――スタートだ！」

掛け声と共に、起動された《戦場《フィールド》》が円形内にいた対象者を囲い込む魔力が展開され、双方の姿がかき消える。

アルディがさらに魔導具を取り出して地面に設置する。魔導具が映写機のように光を空中に放出し、《戦場《フィールド》》内部の映像――鬱蒼《うつそう》と生い茂る森林地帯を空中に投影した。

「……森林か」

映し出された映像を見て、苦虫を嚙《か》み潰したように呻《うめ》いた。

《戦場《フィールド》》

《異界》の一種で、指定した対象者を異空間に転移させる魔導具。

地帯は森林、火山、雪山などの様々な地形を任意で設定して出現させることが可能。なおかつ現れた地形は虚像ではなく実体を持つ。

今回はランダムに地形が選ばれるように設定した……ようだが。

「ちょっと、まずいな」

間違いなく、圧倒的にラフィネには分が悪い。

ただでさえ身体能力が高い狼獣人《ウェアウルフ》相手だ。さらに障害物となる木々が多いこの地形で戦うとなると、A級の冒険者でも骨が折れる。まして、相手は狼獣人《ウェアウルフ》の平均を遥《はる》かに超える強靭《きょうじん》な肉体を持っている。

A級が二人、いや三人いてようやく話になるといったところ。確かにラフィネの言霊魔法は強力で、普通なら負けることはないとは思うが……。

『止まりなさい』

試合開始と同時、迅速に動いたウィズダムに向けて、ラフィネは言霊魔法を行使した。

「！　操作魔法――いや、これは……言霊魔法か」

対象者の身体《からだ》が拘束される。しかし、ウィズダムは慌てることなく冷静に分析。

「これで貴方《あなた》は何もできません。降参してください」

言霊魔法を使うことなく、淡々と降参を命じる。しかし――

「……それはできない」

想定外の言葉に、ラフィネは顔をわずかに強《こわ》ばらせた。

「私の勝ちです。大人しく降参を……」

「我らエーデルフ騎士団の団員に、降参は存在しない」

「で、ですが……」

「『両手両足を失ってでも、喉元に噛み付いて勝利を勝ち取れ』、それが騎士団の教えだ。すべての力を出し切り、死ぬことでしか敗北は認められていない」

拘束された大きな体軀《たいく》を動かして抵抗する。身体を拘束されていてもその獰猛《どうもう》な闘志を失うことなく、大口から血に飢えた猛獣のごとき剝《む》き出しの鋭い牙を覗《のぞ》かせている。

それはまるで、一瞬の油断で喉元を噛みちぎられると錯覚してしまうほど。

「っ……」

ラフィネは気圧《けお》されたのか、怯《ひる》んだように数歩後ずさってしまう。

……でも、それが普通だ。むしろまだ地面に足をつけているだけで賞賛に値する。この闘気を正面から浴びて、腰が抜けて戦意を失わないのは大した胆力と言えるだろう。

「若がとんだご迷惑をおかけしてしまったことは本当に謝罪する。だがどんな形であれ戦いになった以上、死して敗北するまでは、負けるわけにはいかない」

「……でも、貴方はもう何もできません」

「では殺すか命じていただきたい。『自害せよ』と」

「そ、それは……」

戦意を失わないウィズダムにラフィネは戸惑い、しかし何もせず立ち尽くしている。

……痛いところをついてきた。

確かにラフィネの言霊魔法は強力だ。魔力量が少なく魔法抵抗力が低い者では、為《な》すべなく操られて終わりになる。

だが……術者である本人が自死を命じられないのなら意味がない。

いつの間にか俺の隣に座って戦況を見守っていたアルディが、腕を組みながら言った。

「まあ、難しいだろーな。いくら《競技戦場《バトルフィールド》》で死んでも問題ないとはいえ人を殺すのは覚悟がなきゃできねえ。それも、民を愛する心優しい王女様となれば……なおさらだ」

ウィズダムの前で立ち尽くしているラフィネを見て、俺は顔を歪《ゆが》める。

試合のルールは『自らの意思で降参もしくは戦闘不能になった方が敗北』。ラフィネの言霊魔法で降参を強制してもそれは勝利とは見なされない。

おそらくラフィネはこう考えていた。『無力化すれば諦めて降参してくれる』と。

これまで殺生とは無縁の生活を送っていたはずだ。ならそう考えてしまうのも仕方がない。

だけどこの場において、それは悪手だった。

「五十五、五十六――これで、五分経過した」

ウィズダムは何かの数を数えた後、終わったのかうつむいていた顔を上げて。

「黒髪の女性、頼みがある。降参してはくれないか」

ラフィネに対して、自身の状況を分かっているとは思えない言葉を出してきた。

「……するわけがありません。して欲しいのは私のほうです」

「そうか。ならば、致し方ない」

ウィズダムはラフィネの返答に、残念そうに獰猛な顔を歪める。

瞬間。

「力尽くで、言い聞かせるとしよう」

拘束されていたはずのウィズダムの身体が跳ねるように一瞬でラフィネの背後に移動する。

「ッ!? な――」

「動かないで頂きたい」

少し薙《な》ぐだけで簡単に裂いてしまうだろう鉤爪《かぎづめ》が、ラフィネの喉元に突きつけられる。

「――ジレイ、試合中は介入禁止だぜ」

「…………あ、ああ、悪い」

隣にいたアルディに言われ、自分が無意識に魔力を練っていたことに気付いた。

思わず立っていた身体を座らせ、再度、戦況を苦々しげに見る。

映っているのは、さっきまでとは一転して絶望的に不利になったラフィネ。喉元に突きつけられた鉤爪がわずかに触れ、ラフィネの白い肌に赤い血がわずかに滴り落ちているのが分かる。

……どうなっている？　なんで、ラフィネの言霊魔法が――――まさか。

「どう……いう、ことですか。言霊魔法で、拘束していたはずです」

「対策をしてないとでも思ったか。言霊魔法は初めて受けたが……もう問題ない」

ウィズダムのその口ぶりから、確信した。

「反魔法」

「おっ……さすがジレイだな。今ので分かるのか」

ヒューッと、賞賛するように口笛を吹くアルディ。こいつ知ってやがったな。

「ウィズダムはあんなナリだが、反魔法を専門に研究してる魔導士でな。他の魔法は下手くそだったんだけど、反魔法は得意で――」

「いや、それはどうでもいい」

「……そっかあ」

しょんぼりするアルディ。聞いてもいないこと言うな。

おそらくあの反魔法――術式構造的に吸収型の反魔法か。口ぶりから推測するに……五分間喰《く》らい続ければ効力を発揮するといったところ。

そもそも、反魔法は魔法として使う物ではなく、武器や道具に付与するのが一般的な使い方だ。相手の魔法を無効化するといっても手順がめちゃくちゃめんどくさいし、それなら相手の術式に直接干渉して魔力を霧散させた方がよっぽど簡単だ。

だから、俺も覚えてはいるが使っていない。使いどころが難しくて使えないから。

反魔法は一時的に魔法を無効化するものが多い。だが、ウィズダムが使っている魔法は

——

「で、ですがもう一度拘束すれば——『私から離れなさい』」

「無駄だ」

ラフィネが言霊魔法を行使するも、ウィズダムは効くことなく、冷静に告げる。

「……アルディ、なんで言わなかった」

「うん？　ウィズダムが反魔法の使い手だってことをか？」

「違う。そもそも初めから、ラフィネに勝ち目なんてなかったことを、だ」

アルディを睨《にら》み、詰問する。

〝恒久的に無効化〟できる反魔法を会得しているウィズダムと言霊魔法の使い手であるラフィネは、絶望的に相性が悪い。それなのに——

「勝ち目がない？　いいや、俺はそうは思ってねえよ。ジレイだって分かってるだろ——言霊魔法の〝本質〟を」

アルディは食えない顔で「楽しみだなー」と足をぶらぶらさせて笑う。

俺はこの魔法バカを無性にぶん殴りたくなった。

「……できるわけないだろ」

空中に投影された映像に目を向ける。

……確かに、言霊魔法を〝真の意味で使える〟のであれば、こんな状況はわけないだろう。

でも、それは無理難題だ。

ただでさえ言霊魔法は難しいのに、あの境地に至るには数十年はかかると言われている。とてもじゃないが、まだ十五歳のラフィネに使えるとは思えない。

「降参を願いたい。痛い目にあうのは嫌だろう」

ウィズダムはラフィネの白い首筋に当てた鉤爪を押しつけて、赤い線を作る。

赤く、首筋から血が流れ落ちた。ラフィネは唇を噛み、痛みに耐えるように顔を歪めることしかできない。

誰がどう見ても、負けだった。それも、己の甘さが招いた敗北。

「……トラウマにならなきゃいいんだが」

悔しそうにうつむいているラフィネの姿。

やっぱり、ラフィネを強制的にユニウェルシア王国に帰らせた方がいいのかもしれない。

いくら言霊魔法が強力とはいえ、今回みたいに想定外の事態もありえる。なら、いつか本当に痛い目にあう前に帰らせた方がいい。

……まあ、ラフィネがどうなろうと俺にはどうでもいいけど、俺を追い掛けてきて何かあったとしたら俺が困るからな。モヤモヤするから。マジで。

ラフィネに既に勝ち目はない。だから、この試合は降参して負けになる。

そう、思っていた。

「……嫌です」

ラフィネは、確かにそう言った。

「降参なんて、しません」

確かな口調で、ラフィネは拒否の言葉を吐き出した。

その首筋には、鉤爪が食い込んで少しではない血が滴り落ちており、ラフィネの着ている白い服を赤く染め上げている。

「……何で、降参しないんだよ」

俺は、意味が分からず戸惑いの声を出す。

間違いなく、首の皮が切れて鋭い耐えられないような痛みを感じているはずだ。今すぐにでも降参して、逃げ出したいはずだ。

「私は、決めたんです。ジレイ様のおそばで、支えるって……それなのにお荷物になんて、なりたくありません」

ラフィネはぽつりぽつりと言葉を発する。

その声色は強く、譲れない何かがあるのが分かった。

「だから私は絶対に、諦めません。降参もしません」

確かな、信念を持ったラフィネの言葉。

ウィズダムはピクリと耳を動かし、首筋に当てていた鉤爪を緩ませる。表情が分かりづらい獣人種でもはっきりと、動揺しているのが分かった。

すぅ、と小さく深呼吸し、ウィズダムが言った。

「……仕方ない。なるべく痛みが少なくしよう」

拘束していたラフィネを離し、ウィズダムは距離を取る。ラフィネは解放されて地面に倒れ込んで手をつき、ケホケホと辛《つら》そうに咳《せ》き込んだ。

「わたっ……私は、強いんです。なら……負けるわけがないんです」

ラフィネは身体《からだ》を起き上がらせ、気丈に自身の数倍はあるウィズダムの巨軀《きょく》と対峙《たいじ》する。

ウィズダムは何も答えず、両の爪を研ぎ合わせている。……おそらく、一撃で終わらせるつもりなのだろう。

「私は、強いんです。貴方《あなた》よりもずっと強くて、力もあって、速くて……私は強い、強いんです――」

ブツブツと、うつむいて復唱するラフィネ。

「──終わりだ」

ウィズダムが地を蹴った。数瞬後、ラフィネの目の前に巨軀が立ち塞がる。

鋭く、大きな鉤爪が掲げられる。

心臓を一突きで、痛みもなく即死。

それで《戦場《フィールド》》が解けて試合終了──

「…………は？」

──には、ならなかった。

大きく、ウィズダムは驚愕《きようがく》に顔を歪める。

その瞳の先には、心臓を突き抜かれた骸《むくろ》の姿──ではなく、五体満足で立っているラフィネの姿。

ガタッと、隣のアルディが勢いよく立ち上がって椅子を倒した音が聞こえた。顔は見えないが、おそらくキラキラと子供のような表情を浮かべているに違いない。

「嘘《うそ》だろ……」

俺も、驚愕のあまり凝視してしまう。ありえない、まだラフィネは十五歳のはずだ。小さい頃から修練し続けたとしても、あの境地に至るなんて──

《言霊魔法》は対象を操作する魔法だ。

《操作魔法》と効力が似ていることからよく同じもののように扱われるが、その実体はまったく違う。

《操作魔法》は自分の魔力を対象に強制的に介入して操作する魔法。相手の心の部分——意志は操れず、皮である身体しか操ることができない。

なので、操作魔法の行使中に割り込もうとすれば、対象が魔力の流れに耐えられなくなって爆発してしまう。

対象に意志がある場合は単純な動きの操作しか行えない。意志がない人形であれば、複雑な行動を取ることもできるが……傀儡師《くぐつし》くらいしかそんなことはしない。

対して、《言霊魔法》は少し違う。

言葉に自らの魔力を乗せ、対象を強制的に操作する。そこまでは同じだ。

だが、《言霊魔法》は《操作魔法》と違い、相手の身体に魔力を流すわけではなく、言葉に宿るとされる精霊に魔力を譲渡し、干渉することで効力を発揮する。

だから、本来であれば言霊魔法はもっと色々なことができる。それこそ、対象物の操作の枠を超えたことでも。

例えば——

「私は、『貴方よりも力があります』」

「ぐ……ッ!?　この俺が、なぜ——!?」

――身体を強化して、相手より強い膂力《りょりょく》を得ることも。

「私は、『貴方よりも速いです』」

――速力を得て、相手の数歩先を動くことも。

代償として、指定した内容に応じて通常の行使よりも、多大な魔力を常に消費する。だから、魔力量が多くないと数秒すら使うことができない。

言霊魔法を単純な操作以外で使うのは極めて難しい。何十年も修練を続けて、ようやく少し使える程度になるのが殆《ほとん》どだ。

そのせいで、言霊魔法は一般的には対象を操作する魔法としか知られていない。術者でも知らない者が多く、言霊魔法の本質を知っていて、なおかつ行使も可能なのは極々わずか。

……なのに、目の前の映像に映るラフィネは、自身の身体に言霊魔法を行使してウィズダムよりも圧倒的な膂力と速力を得て、翻弄していた。

「――俺が……こんな小さな少女に……」

気付けば、倒れ伏しているのはウィズダムになっていて、ラフィネは五体満足で佇んでいた。

「降参をお願いします」

ラフィネは、ウィズダムに降参を促す。

「…………無理だ」

だが、ウィズダムが首を縦に振ることはない。

「どうしても、駄目でしょうか」

「……ああ」

ラフィネは「そう、ですか」と呟《つぶや》いたあと。

「…………申し訳ありません」

泣きそうな声と共に、ウィズダムの首筋に小剣を当てる。

その、一切の穢《けが》れを感じさせない白くて細い小さな手は、確かに震えていた。

◇

「勝ったのは姫様だな！　姫様、その言霊魔法について、よく調べさせて貰《もら》えたらオレめっちゃ嬉《うれ》し――」

「申し訳……ありません。少し、休ませていただいても、いいでしょうか」

「あっ（察し）…………おう」

ウィズダムとの試合が終わり、興奮しすぎた魔法バカの空気を読まない発言の後、ラフィネは俺がいる観戦席の方に顔をうつむかせながらやってきた。

深紅の瞳が動揺で揺れている。足取りは重く、ふらふらと今にも倒れそうなほど覚束《おぼつか》ない。唇もかすかに震えていて、顔は完全に血の気を失っていた。

無理もない。人を殺した感触は簡単には消えない。手に持った小剣から伝わる首を掻《か》き切る感覚、相手の苦悶《くもん》の表情、浴びた鮮血の熱さ。《競技戦場《バトルフィールド》》で本当に死んだわけではないとはいえ、脳裏にこびりついた記憶はなくならない。

「……大丈夫か？」

座ったラフィネに俺は《水生成《クリエイトウオーター》》でコップに注いだ水を手渡す。

ラフィネは「……ありがとうございます」と弱々しく笑い、渡された水をコクコクと飲んだ。

そのまましばらく横目で様子をのぞき見て、息が落ち着いてきたころに話しかける。

「知らなかった。まさか、言霊魔法をあの境地まで使えるなんてな」

俺は賞賛と驚きが交じった声で、心の底から思っている言葉を出す。

あの境地に至るには、途方もない修練と努力がないと無理だ。まだ十五そこらのラフィネが使えるなんて考えてもみなかった。

素直に賞賛すると、ラフィネは少し困ったような声で。

「はい……私も、驚きました」

「……え？　使えてたんじゃないのか？」

「いえ、ずっと修練してはいたんですが……できたのは初めてなんです。だから、すごくびっくりしました」

驚愕の事実を知らされる。マジかよ。

ラフィネはあまり元気のない顔で「理屈では知っていたんですけど、使える方を見たことがなくて不安で――」と小さく笑みを浮かべる。

「……そうか」

何にせよ、それは全て、ラフィネが努力して諦めなかったからに違いない。

ウィズダムに勝てたのも、諦めずに立ち向かったからだ。土壇場で言霊魔法を昇華させたのも、己の信念を曲げずに戦ったからだ。

「……？　どうしました？」

「っ……い、いやなんでもない」

きょとん、と首をかしげるラフィネ。俺は慌てて視線を明後日《あさって》の方に逸《そ》らす。

……本当に、分からない。なんでそこまでするんだ。

きっと、おそらく、その信念の元となるのは――

「……」

俺は、ぶんぶんと頭を振って考えを消して、そっぽを向くように景色を眺める。

どうでもいい、俺にはどうだっていいことだ。

そう分かってはいるはずなのに。

次のイヴの試合が始まるまで俺はなぜか、ラフィネの方に顔を向けることができなかった。


ラフィネの試合が終わってから数十分後。

「ただいま……試合、どうだった？」

「おお、イヴ嬢！　とんだ番狂わせだったぜ！　姫様が言霊魔法を昇華させて――」

試合前からどこかに消えていたイヴが戻ってきて、未《いま》だ興奮した様子のアルディが状況を説明する。

「準備する」といったきり、観戦することなく魔導馬車に乗り込み、どこかに向かっていたけど……何しに行ってたんだろうか。

俺が疑問に思っていると、イヴは察してくれたのかこちらに顔を向けて説明してくれた。

「近くの国まで、買い物に行ってた。ここにはまだ入国できないから」

「ほーん……」

なるほど。何か必要なものを入手しに行っていたようだ。この国での入国審査が終わっていないから、別の国までわざわざ出向いたってことか。めっちゃめんどくさそう。

イヴはガサゴソと可愛《かわい》らしい手提げポーチ――《収納》の魔導具を漁《あさ》り、目的のものを取り出そうとする。

「……魔導杖《づえ》？」

出てきたのはイヴの身長以上の長い棒状の物体――魔導士用の長杖《ちょうじょう》。

「おっ……イヴ嬢、てことは〝あれ〟を使うってことか？　そりゃ楽しみだなあ」

「そう、これなら少しは使えると思うから」

「？？？」

アルディは理解しているようだが、俺はまったくわからなくて頭に疑問符を浮かべまくる。

あれ、イヴって自分の杖を持ってたような気がするんだけど。何でわざわざ、それも使いにくい長杖を……？……まあいいか、何か策があるんだろう。よく分からんけど。

「ラフィネ、顔色悪い。……大丈夫？」

イヴは、無言で顔をうつむかせていたラフィネに近づき、心配そうに声をかける。

「そ……そんなことないですよ！　私は元気です！　ジレイ様のおそばにいますし、ジレイ様に貰ったこのお水のおかげで元気満点です！　むしろ元気すぎて困っちゃうくらいです！」

「………そう。なら、いい」

笑顔を見せるラフィネ。イヴはその様子に何かを感じ取ったようだが、深く詮索することはなく、顔を逸らした。

「それより大丈夫なのか？　イヴが戦えるなんて想像できないけど」

「一応、魔導学園で体術と攻撃魔法の勉強はしてた。筆記テストでもいつも一番」

買ってきた魔導杖の調整をするイヴにそう聞くと、ふんすと言いそうな若干のドヤ顔で自信満々の言葉が返ってくる。なら大丈夫そう――

「実技はいつも最下位だったけど」

「ダメじゃやね？」

大丈夫じゃなかった。

まあ、対戦相手も白魔導士らしいし、勝負としては五分五分なのかもしれない。白魔導士は基本的に後衛だから自衛できる程度の戦闘能力しかないやつが多いからな。相手がムキムキゴリマッチョだったら終わるけど。

正直、それもあってかイヴに関しては大丈夫だろうって思っている。白魔導士同士の戦いなら血みどろバトルにはならなそうだし、むしろ何するんだって興味すらある。回復力対決とかするんかね。

「……にしても、相手遅いな」

ここからでも見える、国の〝時計塔〟に設置されている壁掛け魔導時計《マギ・クロック》を見て、つぶやく。

ラフィネの試合開始前から呼び出しているらしいんだが、一向にやってくる気配すらない。さすがに見かねてウィズダムが呼びに行ったけど、遅すぎやしないだろうか。

いやまあ、俺もよく遅刻するから人のことは言えないんだけども。おふとんが気持ちよくてついね。しょうがないよね。

「たしか……イヴ嬢以外に、うちの学園から勇者パーティーに入った嬢ちゃんがいたな。俺の記憶が確かならその二人しか受からなかったから、対戦相手はその嬢ちゃんだと思うぜ。よく遅刻してたし」

俺が『おふとんには魔性の力が宿っている説』を真剣に考えていると、アルディがそんなことを言ってきた。対戦相手に心当たりがあるようだ。

「へー、どんなや――」

「――ちょっと！　自分で歩くから引っ張んないでっていってるでしょ！」

「――こうしなきゃ来ないだろう！　いいから早く歩くんだ！　まったく、若は何でこんな問題児をパーティーに……」

アルディに話を聞こうとすると、そんな喧《やかま》しい声。対戦相手が到着したらしい。

声の方向へ顔を向ける。ゴリゴリマッチョのゴリラじゃなきゃいいんだが。まあアルディの言い方的に女性っぽいし、学園に在籍していた白魔導士らしいからそれはな――

「……アルディ、ちょっと聞きたいんだが」

「おう、何だ？」

「あれ、白魔導士か？」

「うん？　どっからどう見ても白魔導士じゃねえか」

何言ってんだ？　と不思議そうな顔を向けてくるアルディ。いや、確かにそうなんだけど。そうなんだけども。

……別に、筋肉ゴリゴリの人が来たとか、大剣を担いだ明らかに戦闘職の見た目の人が来たとかではない。白魔導士協会が認定する服も着ているし、白魔導士なのは間違いないのだが。

俺はもう一度、その少女の姿を見る。

服装は全体的に着崩していて、だぼっとした白魔導士の服は軽く羽織られている程度。そのせいで、健康的な肩が思いっきり露出している。

頭にはキャスケット帽。紫水晶《アメジスト》のように透き通る、肩ほどの長さの紫髪。首には紫色のチョーカーを装着していて、右のおでこを露出するように前髪をヘアピンで軽く留めているのが特徴的だった。

まあ、別にその格好自体は何も問題ない。冒険者でもこれくらいラフな格好の人は結構いる。

だから問題ない……のだけども。

「白魔導士なのに、露出度高くね……？」

白魔導士としては格好がおかしいのだ。

白魔導士協会が認定する服は露出度が低いものしかない。その理由は、協会が定める〝聖女〟に求める基準が原因らしいが詳しいことはよく分からん。お堅い人たちってことだろう。

まあつまり、白魔導士は協会が「こうあるべき」という服装を定めて、それの着用を義務づけているということだ。……だが、この少女は一応着てはいるものの羽織る程度で、肩も腕も晒《さら》しているし、ホットパンツだから太股《ふともも》も露出している。なんならヘソ出しもしている。

俺が白魔導士？　と疑問に思ってしまったのも仕方がないだろう。だって、白魔導士協会は頭が固いことで有名なのに規則ガン無視で正面から喧嘩《けんか》売ってるんだもん。そりゃそう思うわ。

「はー……てか勇者サマ、何であたしがこんなことやらなくちゃいけないワケ？　自分でなんとかしてほしいんだけど」

「……自分でできるならそうしている」

「あっそ。ま、仕方ないからやるけど。感謝して欲しいわーほんと」

「おい、若に対してなんて口の利き方を——」

「あーはいはい、お坊ちゃんは偉いでちゅからねーごめんなさいごめんなさーい」

何やら揉《も》めている様子。ウィズダムが紫髪の少女に注意するも彼女は聞く耳を持たず、むしろ小馬鹿にした生意気な態度を取っていた。パーティー仲悪くないすか？

ウィズダムがその態度に声を荒らげた後、少しして諦めたのか嘆息して。

「……あれがお前の対戦相手だ」

「ってか、アンタ負けたってほんと？　しかも女の子に負けたって……ださくない？」

「ぐっ……」

ニヤニヤと馬鹿にする少女。ウィズダムは凶暴な顔を更にゆがめて、子供には見せられない顔になっていた。やめてあげてマジで。

「あーほんと、勇者パーティーなんて入るんじゃなかった。忙しくて全然時間は取れないし、〝あの子〟とはまったく会えないし……勇者パーティー同士なら、少しは関われるかと思ったのに……」

不満げな顔で、ぶつくさと文句をこぼす少女。

「早く終わらせせましょうか。久々の休暇なのに、こんなことで時間使いたくな——？」

怠《だる》そうにこちらに視線を向けた瞬間、少女は目を大きく見開いた。

「……イヴ？」

視線の先——イヴの姿を凝視しながら、驚いたように目を丸くしている少女。

……ん、イヴの知り合いか？

「ふーん、そう、そっか……そういうこと。白魔導士ってアンタだったの」

何かを理解したのか、少女はニヤリと不敵な笑みを浮かべる。

「こんな面倒なのやりたくないって思ったけど、相手がアンタなら話は別よ。ふふん、いい機会ね。お互いどっちが上か、白黒つけようじゃない。ま、とーぜんあたしが上に決まってるけど？　学園ではアンタに分があったけど、今はもうあたしの方が——」

少女は腕を組んで胸を張り、饒舌《じょうぜつ》にしゃべり始める。口ぶりは敵視している感じだが、なんだか嬉《うれ》しそうな様子。尻尾があったらブンブン振りちぎってそうだ。

この様子を見るに、イヴの友人なんだろう。同じマギコス魔導学園の出身みたいだし。学園で仲がよかったとかそんな感じだと思う。たぶん。

と、思っていたのだが。

イヴはきょとんとした顔で、無情に言った。

「……あなた、だれ？」

「………………ふぇ？」

イヴの凍《い》てつくような無情な言葉と同時、銅像のように固まる少女。時が止まったかのごとく、ピクリとも動かなくなった。

「アルディ。あれ、イヴの知り合いじゃなかったのか？　向こうは完全にそのスタンスで来てたけど」

「同級生、ではあるんだがなあ。同じ白魔導士の学部で勉強をしてた子で――」

アルディがぽつぽつと事情を教えてくれる。……なるほど、イヴの同級生で年齢は同じ十五歳。イヴと同じく成績優秀で、飛び級して卒業した生徒。

学園ではいつもイヴが一位で、あの少女が二位。だからいつもイヴをライバル視していて、ことあるごとに突っかかっていたんだとか。アルディはそれを見て「友達になりたいんだろうなぁ」と思いながら、何も言わずに暖かい目で見守っていたらしい。言ってやれよ。

数分後、やっとフリーズから戻ってきた少女が口を開き、震えた声を出す。

「ま……魔導学園で、けっこう話してた……気が、するんだけど？」

「？　魔導学園で、わたしに友達はいなかった」

「ほ、ほら、イヴがいつもテスト一位で、あたしがその下の二位で……マーヤ・カッツェ・ビオレータって名前、見覚えが――」

少女――マーヤが必死にそう言うも、イヴは考え込むように首をかしげたあと。

「……ごめんなさい、覚えてない。あのときはあまり……余裕、なくて」

申し訳なさそうに、頭を下げて謝罪した。無慈悲。

「ふ……ふーん？　ま、まあ別にいいけど？　ぜんぜん、ぜんっぜん気にしてないし？　あたしだってイヴのことなんてこれっぽっちも覚えてなかったし？」

涙目でそんなことを宣《のたま》うマーヤ。数分前に思いっきり知り合いのスタンスで来てたのに無理があると思うんですけど。


その後、放心状態のマーヤにかまわず、アルディの無情な試合開始の合図とともに試合が始まった。

「んー、まあ普通にやったらイヴ嬢に勝ち目はねえが……どうなるかねえ」

試合開始後、隣の席に座ったアルディが《戦場《フィールド》》内部で対峙《たいじ》するイヴとマーヤを見て分析を行う。

「つか、普通に戦うんだな。てっきり、白魔導士だから回復力対決でもするもんかと」

「それでも良かったんだけどよ……本人たちが納得しなかったんだ」

「ふーん、まあ別に何でもいいけど」

白魔導士同士の対決だしお互いに線の細い少女。

バチバチの戦闘にはならないだろう、と思ってそう言ったのだが――

「うん？　ああ、言ってなかったけどよ――」

イヴが両手に抱えた長杖《ちょうじょう》を構えて戦闘態勢を取る。未《いま》だ落ち込んでいる様子のマーヤに対して、何が起きても対応できるように身構えるが――

「――マーヤ嬢は、ゴリゴリの前衛だぞ」

瞬間、軽やかに地を蹴る音とともに、少女の姿がブレる。

「う……！」

一足でイヴの背後を取ったマーヤは、そのままの勢いで無防備な背中に掌底を叩《たた》き込んだ。

「《闇炎》」

息をつく暇もなく魔法の追撃。なんとか体勢を立て直したイヴが、手に持った長杖に魔力を纏《まと》わせ、追尾する魔法を防いで相殺する。

「……おい、白魔導士って聞いたんだけど」

目の前の光景に言葉を漏らすと。

「マーヤ嬢は白魔導士としては希少種の、近接戦闘が一番得意な白魔導士だからな。学園での対人戦闘成績はトップクラス。剣士学部生にも素手で殴り勝てる上、後衛職の役割である補助も回復もこなせる。おまけに料理と家事も完璧。まさにオールラウンダーな少女だぜ」

「ハイスペックすぎん？」

もうそれ白魔導士じゃなくていいじゃん。

だが、そうだとすればあの露出度の高い格好にも納得がいく。白魔導士のだぼっとした服だと動きが阻害されるからそうしているのだろう。

つまり、協会に喧嘩を売っているわけじゃない――

「あと、あの格好は白魔導士の認定服がクソださいかららしい」

と思ったが違うようだ。関係ないのかよ。

「ほらほら！　守ってばかりいないで攻撃してきなさいよ！」

そうこう話している内に戦況はイヴの防戦一方。マーヤの踊るような猛攻に為《な》す術《すべ》もなく、必死に長杖で防御し続けている。

額にはわずかに汗を浮かべていて、余裕な状態ではないことが分かる。間違いなく、このままだと押し負けることが目に見えていた。

「考えてみれば、こうして戦うのは入学以来ね。思い出しただけでむかつく……アンタにボロクソに負けて、それから頑張って来たのに――」

「……覚えてないいんじゃなかったの？」

「お、覚えてないけど、それだけは覚えてたの！」

苦し紛れの嘘《うそ》をつくマーヤ。「そう」と淡々と返したイヴが気に入らないのか、唇をムッと結び、顔をしかめていた。

「でも、何であれだけ強くて二位だったんだ？　イヴは実技ビリだったみたいだし、あいつが一位でも良さそうだが……」

「あー、それなんだけどよ、イヴ嬢は他に評価されてた点があってだな。白魔導士学部は戦闘科目があんま加点されないってのもあるんだけど——お、噂《うわさ》をすれば……やってくれるみたいだぜ」

アルディが肉球でイヴの姿を示す。なんだ？

「マーヤ嬢も、欠点がない優秀な生徒だ。だけど、それでも一位にはなれなかった」

映像の中のイヴが、ゆったりと長杖を両手で構える。マーヤはやっと攻撃してくると思ったのか、腕を組んで余裕綽《しやくしやく》々で観察していた。

「それは、イヴ嬢の回復魔法の論文が白魔導士協会に与えた影響が大きい。〝水の聖女候補〟として、名前が挙げられるほどだからな。でも、それよりも一番でかいのは——」

イヴは集中するように息を小さく吸い込み、静かに眼《め》を閉じる。

周囲には、イヴが纏う水色の魔力が呼応するように長杖に収束し、白色だった長杖は水色に染まり、幻想的に美しく煌《きら》めいていた。

「魔力展開——《水命鎌》」

ぽつりと、イヴが呟《つぶや》くと同時。

長杖から纏っていた水色の魔力が展開され、半月状に、身の丈を超えるほど大きな、透き通る水色の刃を持つ大鎌が形作られる。

薄く、透き通った水色の刃は触れただけで肌が切り裂かれそうなほど鋭く、だが不思議となぜか優しく包み込むような柔らかな印象を受けた。

だけど、俺が一番、目を引かれたのは——

「黒い魔力……加護か？」

水色の大鎌を覆うように漂っている、禍々《まがまが》しい黒い魔力——加護。

「わたしは、悪魔だった」

静かに、イヴは独白する。

「今まで何人も、何人も殺した。死にたくないと願った人を、助けてくれと懇願する人を、この加護で、殺してしまった」

小さな声で、懺悔《ざんげ》するかのようにぽつりぽつりと言葉を吐き出す。

「わたしが強ければ、誰も死ななかった。無理にでも逃げ出していれば、諦めずに拒否すれば、こうはならなかった。加護の力は関係ない。わたし自身の心の弱さが、たくさんの人を殺した」

イヴはうつむき、ぎゅっと両手で持った長杖を強く握る。その声はどこか、取り返しのつかない過ちを後悔しているかのようにか細く震えていて、不安そうに揺れていた。

「だからもう、誰も殺したくない。傷つけたくない。……でも、それじゃダメで、癒やすだけじゃダメで……守るためにはいつか、戦わなくちゃいけない時が来る」

「……ぶつぶつと何言ってんの！　そんな大きな動かしづらい鎌で何が出来るってのよ！」

マーヤは大きく跳躍。

イヴと距離を取り鎌の射程外まで離れ、落ちていた枝を拾い、闇色の魔力を纏わせる。

触れたものを虚空で切り裂く次元魔法の《虚刃》。

正々堂々と、正面から突破するつもりだろう。

「――そもそも、魔法ってのは複数の魔法を同時に行使することは難しい。それが正反対の属性、効果を持つ魔法なら尚《なお》のこと。俺だって、一度に二つしか行使できねえ。ジレイみたいに複数を同時に、当たり前に行使できるのは、はっきりいって異常なんだぜ」

戦況を見守りながら、楽しそうに笑みを浮かべるアルディ。

「だけど、イヴ嬢はそれをやってのけた。魔導学会の重鎮でも使えるのが一握りの魔導操作を。それも――」

マーヤが地を駆ける。

数瞬後、イヴを切り裂こうと、闇色の魔力を纏った右手を掲げる。

「……え？」

切り裂かれたのは、イヴではなく——マーヤ。ただ、イヴがマーヤの腕に少しだけ触れるように大鎌を振っただけで、少女の右手はポトリと地面に落ちた。

「わたしは変わった。レイのおかげで、変われた」

「は、《上位治癒《ハイヒール》》！」

マーヤは自身の右手を癒やそうと《回復魔法》を行使するが。

「な、なんで治んないの！　なんで——ひっ！」

何度行使しても一向に癒やされることはなく、むしろ切り裂かれた部位から広がっていくように、黒く禍々しい魔力が浸食していく。

ちらりと、落ちたマーヤの右手を見る。

《過剰回復《オーバーヒール》》

切り裂かれた、と思ったが違う。イヴは、水色の刃がマーヤに触れた瞬間、その刃の場所だけに過剰な回復魔法を行使させ、意図的にこの現象を引き起こしていた。

あの水色の刃に実体はない。その証拠に、刃が触れたはずの周囲の物体にはキズ一つない。

しかも、おそらくだがあの大鎌——

「——回復と破壊、イヴ嬢は正反対の属性を展開する魔法を作り出した。味方には癒しを、敵には損傷を与える、相反する魔法をな。おまけに、加護を使って永続的に、自分の意思で魔法を操作できるようにだ」

アルディは「これには学会も度肝を抜かれたもんだぜ」と続ける。

「わたしはもう二度と、同じことは繰り返したくない。だから、過去の自分の過ちは忘れない。誰かを守れるように、わたし自身が戦って、強くならないといけないから」

イヴは大鎌をゆらりと構えて、真《ま》っ直《す》ぐにマーヤを見据えて言葉を紡ぐ。その瞳は力強く、決意が宿っているのが分かる。

……これほどの高度な魔法を行使するには、並大抵の努力じゃ足りないはずだ。魔力の繊細なコントロール、回復魔法への深い造詣、高度な魔力付与……その全てを理解して、なおかつ独自の魔法として実現させるのは遥《はる》かに難しい。

それこそ、毎日修行に明け暮れて努力でもしない限りは——

「イヴ嬢な……毎日毎日、授業終わりに夜遅くまで学園の図書室に閉じこもって、勉強してたんだぜ。早朝は必ずグラウンドで何周も走って倒れたりしてたし、クソ苦い魔力増強剤も朝昼晩欠かさず飲んでた。なんでそこまでするのか分からなかったけどよ……そうまでするほどの何かがあるんだろうな」

「……そうか」

——健康的な身体《からだ》の方が魔力の質がいい。だからこれからは毎日走れ。倒れるまでだ。

――お前にもあの滅茶苦茶苦《めちゃくちゃ》い魔力増強剤を飲ませるからな。毎日だぞ。

――俺はちょっと離れるけど、ちゃんとサボらずやれよ。しっかり《回復魔法》を覚えないと精霊契約できないからな。

脳裏に、過去の自分の言葉が過《よぎ》る。

「周りがよ、そんなイヴ嬢をバカにしたりもしたんだ。……でも、イヴ嬢は気にせずに、たった一人で頑張ってた。……あんだけがむしゃらに前だけみてたらマーヤ嬢のことを覚えてないのも仕方ねえと思うぜ」

――言いたいやつには言わせとけって。……それより大事なのは他人じゃなくて、自分がどうしたいかだろ？　お前がやりたいことをやればいいんだよ。

過去の俺が言った、思ったことをただ喋《しゃべ》っただけの、責任感なんてかけらもない軽い言葉。

イヴは……ずっと、言われたことを守り続けて、俺がいなくても修行を続けていたんだろう。あるかも分からない《世界樹の祝福《ユグドラシル・セイブレ》》を探して、一人で前へ進み続けていたんだろう。

……他でもない、俺のために。

俺は、自分が誰かを変えようだとか、救おうだとかの高尚で立派なことは考えちゃいない。ただのクズで、責任を持つのが一番嫌いで自由が大好きな怠け者だ。

「……」

がしがしと頭を掻《か》く。

……ああ、考えたくない。だるい。めんどうくさい。

イヴたちが描いている俺の姿は虚構で、嘘の姿だ。俺は尊敬される人間なんかでも好かれる人間でもない。それなのに――

映像に映る、加護の侵食に為す術もなく降参するマーヤと静かにたたずむイヴを見て、胸に湧いた感情が鬱陶しく思えて、更にがしがしと頭を掻く。

……本当に、考えたくねえ。

◇

試合が終了して無事にイヴの勝利となると、《戦場《フィールド》》内部からイヴたちが戻ってきた。

「う、うう……べ、べつに？　まだ、負けた、ワケじゃない……し？　ゆだん、しただけで……だから、悔しくなんて……ない、し。………うう」

グスグスと膝を抱えて泣くマーヤ。悲愴感がすごい。

イヴはそんなマーヤを見て、戸惑うように右往左往したあと、そばまで近づいて。

「……ごめんなさい」

「謝らないでよっ！　余計むなしくなる……でしょ」

手を差し伸べたイヴの手を払いのけ、マーヤは更に亀のように縮こまる。

「それも、そうだけど。……そうじゃなくて」

「何よ……あっちいって！　アンタなんかどうでも……どうでも、いいんだから！」

スンスンと鼻を鳴らすマーヤに、イヴは離れることなく、泣きじゃくる赤子をあやすように背中をさする。

「あなたのこと、忘れてて、ごめん」

「……別に、いいけど？　ぜんぜん気にしてなんかないし。友達になりたかったなんて思ってないしっ！」

「うん、あなたと私は友達じゃない」

「っ……ふ、ふんっ！　あたしだってアンタなんか――」

「だから――」

イヴは振り払おうとするマーヤにかまわず、ゆっくりと手を差し伸べる。

「今日から、友達になろ」

「え……」

「あの頃の私は、余裕がなくて分からなかった。本当に、ごめん。……だから、今から友達」

「そ、そんなの、あたしは別に……」

素直になれずそっぽを向くマーヤ。

そんなマーヤの手にイヴは自分の手をぎゅっと握らせて。

「……友達」

と言って、口角を上げ、笑みを浮かべた。いつも無表情のイヴが見せる、可愛《かわい》らしい微笑《ほほえ》み。

マーヤはそれを見て、う、う……と言いかけた言葉を飲んで、少しのあいだ逡巡《しゅんじゅん》するような表情になる。

そして、少しした後に顔を背け、涙で濡《ぬ》れまくっていた顔をぐしぐしと拭いて。

「そ、そそそそこまで言うならなってあげなくもないわ！　しょ、しょうがないわねー！　まったくもう！　まったく！」

恥ずかしいのか、あさっての方向を向きながら、嬉《うれ》しさを隠しきれないといった様子でイヴの方を何度もチラチラと見ていた。わかりやすい。

「で、でも友達になったからって、あたしはアンタのライバルなんだからね！　先に魔王を倒すのはあたしのパーティーなんだから！」

「……望むところ」

「あ、あと……勇者パーティー同士なんだから、一緒に白魔導士のお店に行ったりとか……してあげても、いいのよ！」

「ん、じゃあ……さっきの杖《つえ》、壊れたから新しいの買うとき一緒にいこ」

「しょ、しょうがないわね！　もう〜！」

口ぶりとは裏腹に、顔をパァーッと輝かせてめちゃくちゃ嬉しそうなマーヤ。幸せそうで何よりである。

◇

数分後。

戻ってきたイヴは俺の前に立ち、何かを言いたげにじっと見てきた。……え、何？

「……」

じー。イヴの視線が頬に刺さる。なにかを待っているようなそんな感じの。

考えても分からなかったが、イヴの視線がラフィネの持っていたコップにちらと向けられて、何を求めているのか分かった。

「み、水？……いる？」

「ありがと」

イヴは満足げに受け取る。水なら普通に自分で出せるだろうに、なぜかわざわざ俺から欲しがってきた。なんだろう、俺の水は限定品かなにかなのだろうか。普通の水だぞ。

両手でこくこくと水を飲み下した後、ふぅと小さく息をつく。

「イヴ、すごいです！　あんなに高度な魔法を使えるなんて――」

「ありがとと。ラフィネも、あんな大きい狼獣人《ウェアウルフ》に勝てたなんて、すごい」

素直な賞賛の言葉をかけるラフィネに、イヴは少し照れながらもラフィネを褒め返す。

……ラフィネもだいぶ回復したらしい。元気な様子で「これもすべて私のジレイ様への大好きな気持ちが～」とか言ってるし。イヴも「そう、わたしの方が大好き」とか対抗してるし。やめろ。

「……」

俺はそのまま、二人のわちゃわちゃとした会話を無言で聞いていた。

「イヴ」

「？　なに、レイ」

そして少ししてからイヴの名前を呼んで、顔を向けることなく、ただ一言だけを呟《つぶや》いた。

「頑張ったんだな」

目を丸くして、きょとんとした顔になるイヴ。

理解したのか、顔を嬉しそうにほころばせて。

「……うん」

一言だけ、そう答えた。その顔は、頬が柔らかく緩んでいて本当に嬉しそうな表情をしていた。ただ、俺が気まぐれにこんなことを言っただけで。

……本当に、分からない。俺は――

「…………あの、ジレイ様？　私も頑張ったのですが。なんでイヴだけ褒めるんですか？あの、あの」

「あっ……いや、ラフィネも頑張ってたって、うん」

考え込みそうになった思考が、俺の服をつまんできたラフィネに引き戻される。口は笑っているのに目が笑ってない。怖い。

まあ、何はともあれ二人とも無事に勝った。

次は――

「まったく、どいつもこいつも……使えないやつらばかりだ」

戦況を黙って見ていた男――ルーカスが立ち上がり、苦々しげに仲間を罵倒する。

「来い、D級。身の程を教えてやる」

――俺が、こいつをぶちのめす番だ。

◇

「……」

俺とルーカスは闘技場に移動し、円形フィールドの上で静かに対峙《たいじ》する。

「じゃあ始めるぜ。お互いに準備は――」

「問題ない。早く始めろ」

「お、おう……可愛くねえなぁ。ジレイはいけるか?」

「大丈夫だ」

双方の準備完了を聞いたアルディが頷《うなず》いたあと、《戦場《フィールド》》が起動され、魔力が一帯に展開される。

眩《まばゆ》い光に目を瞑《つぶ》る。

まぶたを上げ、映ったのは――見渡す限り何もない、荒れ果てた焼け野原。

戦う場としては、この上ない環境。これなら、思い切り本気を出すことができるだろう。

「D級、貴様の蛮勇は認めよう」

ルーカスが鞘《さや》から聖剣を静かに抜き、剣身が焰《ほのお》のような真紅の光を纏い輝きだす。

「蛮勇? 訂正したほうがいいぞ。あとで恥をかきたくないだろ」

「笑わせるな。不快だが、俺は褒めてやっている。弱者が強者に向かうその姿勢を。まったくもって無謀であることは変わらんがな」

ルーカスは嘲笑する。俺を弱者だと見下し、結果は分かっていると言わんばかりに冷めた瞳を向けていた。

「だが、まったくもって気に入らん。お前も、黒髪女も、あの白魔導士も……黙って言うことを聞けばいいものを。不愉快だ」

苦々しく顔を歪《ゆが》め、舌打ちして。

「だが、何よりも気に入らないのは――【攻】だ」

「……なんだと？」

「見るだけで虫唾《むしず》が走る。態度が、姿勢が、考えが、性格が、何もかもが腹立たしい」

忌々しげに歯を噛《か》み、レティを罵倒する。

「そもそも、アレが勇者であることが問題だ。それ自体が気に入らん。もし聖印が奪えるのであれば無理矢理にでも勇者をやめさせる。〝ガラクタ〟の癖に、勇者になろうなど――」

「黙れ」

一言だけ吐き出した。これ以上、こいつの戯言《たわごと》を聞く意味はなかった。

「ほう、気に障ったか。だが貴様も思うだろう。弱者なら弱者らしく相応の人生を――」

「黙れ、っつったのが聞こえなかったか？」

一瞬で目の前に移動し、取り出した黒剣を眼前に突き出す。

ルーカスは驚いたようにわずかに目を見開いているが、そんなのはどうでもいい。

俺がこいつに聞きたいのはただ一つだ。それ以外は聞くつもりはない。

「レティに何をした」

剣先を眼球の寸前でピタリと止める。ルーカスは微動だにせず、ただ俺を見据えていた。

「余計なことを喋《しゃべ》ったら殺す。嘘《うそ》を言っても殺す。お前はただ俺の質問に答えろ」

俺の感情に呼応したのか、意図せずに全身から魔力が放出され、空気が震えた。

だが、臆することなくルーカスは口を歪ませ、愉快げに笑いながら答える。

「ああ、そうか。〝アレ〟はお前にとって大事なモノか。それは面白いことを聞かせて貰《もら》った」

「……別に、そういうわけじゃねえ」

「ならばなぜ、そこまで気を昂《たか》ぶらせている？　変な男だな」

「ただ、俺はしたいようにしてるだけだ。大事とかそんなのはどうでもいいんだよ」

ルーカスは俺の言葉を聞き、「ふむ」と納得したような声を出して。

「……まあ構わん。俺には関係がない。それより、俺が【攻】に何をしたのか、だったか」

「そうだ、早く答えろ」

「くく……知りたいか、そうだな、なら――」

笑うルーカスに、俺は黒剣を握る手に力を籠《こ》める。少しでも不自然な行動をしたら突き出して頭を串刺しにする。一秒もかからない。

「俺を倒せたら、教えてやろう」

　声と同時、ルーカスの姿が文字通り、ぐにゃりと溶けた。

「《探知》《高速演算》《並列思考》」

　瞬時に地面を蹴って離れる。魔法で認知速度を最大限に加速させ、索敵魔法を飛ばす。

　思考が加速され、流れる映像がゆっくりと鮮明に目に映る。数瞬後、《戦場《フィールド》》全域に展開した《探知》が対象を捉えた。

「――な」

《並列思考》と《高速演算》で得た膨大な情報が脳に流れ込む。知らされたその情報は、俺を驚かせるのには十分だった。

『俺が何をしたか知りたいのだろう？　ならば死に物狂いで俺に刃向かってこい。そして、絶望しろ』

　ルーカスの声が重複して同時に耳に届く。まるで、何人もの人間が喋っているかのように。

　同時、数秒後に俺に向けて無数の剣が四方八方から降り注ぐ計算結果を得て、安全地帯を算出する。

「《転移》」

一瞬で離脱。さっきまで俺がいた場所を見ると、幾本もの剣が地面に深く突き立ってい
た――それぞれ違う〝聖剣〟が、何百本も。
もし、俺が防御を選択して《結界》を展開していたら危なかった。聖剣に付与された加
護の効果で《結界》が破壊され、為《な》す術《すべ》なく貫かれていたに違いない。
「よく避けた。ただの木偶《でく》ではないようだ」
「……」
最大限に警戒しながら黒剣を構え、思考を更に加速させる。
……どういうことだ。勇者に与えられる聖剣は一本のはずだ。
なのになぜ、その聖剣を何本も持っているというのか。
「不思議そうな顔だな？　なぜ俺が聖剣を複数所持しているのか聞きたそうな顔をしてい
るではないか」
何の前触れもなく背後に現れたルーカスの攻撃を瞬時に黒剣で防ぐ。数合の剣戟《けんげき》を交わ
し、その場から離れて大きく距離を取った。
「どうした、威勢のいいことを言っておいてその程度か？　俺を失望させるんじゃない」
「ぐっ!?」
離れたにもかかわらず、真横に瞬時に現れたルーカスに真一文字に切りつけられる。剣
が頬をかすめ、薄皮が切れて血が飛び散った。

体勢を立て直し、眼前のルーカスを見据える。……ああ、そういうことか。

「《虚実幻影》」

「ほう。無学ではないな。褒めてやろう」

「いらねーよ。気持ちわりい」

言いながら、俺は《探知》で捉えた〝別のルーカス〟に注意を向けた。俺の推測が正しいのであれば、こいつは――

「〝過去の勇者〟の力を引き出すことができる、か？」

呟くと、ルーカスは驚いたように目を丸くする。

「よくそこまで分かったな。……その通りだ。俺は、過去の勇者が持っていた〝聖剣の能力を引き出し〟、〝聖剣を何本も複製する〟ことができる。才ある俺に相応《ふさわ》しい力だろう？」

「……とんだズル野郎の間違いだろ？」

俺の言葉に、ルーカスは「失礼なやつだ」と鼻を鳴らす。

こいつの使った魔法――《虚実幻影》は、過去に存在していた【幻】の勇者がよく好んで使っていた《次元魔法》と《幻影魔法》を組み合わせた魔法だ。

本来の《虚実幻影》が持つ効果は、自身とまったく同じ姿の幻を一体作り出し、実体と幻影を入れ替えることができるというもの。

それだけでも相当の修業が必要になる強力な魔法。使える術者は数少ない。だが、【幻】

の勇者が使っていた《虚実幻影》は少し違う。

「一、二、三……十体くらいか？」

「十三体だ。消しているのを含めれば百を超えるが」

ルーカスは余裕そうに鼻を鳴らす。

【幻】の勇者の聖剣の能力は単純――それは、いくらでも幻影を作り出すことができる、というもの。それも、視界の範囲内であれば任意の場所に瞬時に出現させることもできる。

その能力と《虚実幻影》を使えば、煙のように姿を現して攻撃することも、攻撃の直前に幻影と入れ替わって回避することも可能になる。とんでもない魔法だ。

「だが、なぜ俺が【幻】だけでなく他の勇者の力も引き出せると分かった？　手の内はまだ見せていないだろう」

「はぁ？　何言ってんだよ。これ見よがしに色んな聖剣をぶつけてきただろうが」

答えると、「……ふむ、確かにそうだったな。俺ということが失態をした」と顎に手を当ててそんなことを言った。分かってなかったのかよ。

「……まあいい、もう一つだけ教えてやる。俺の力はそれだけではない」

「ほー？　そんなに手の内を明かしていいのかよ」

「理解しろ。力の差に絶望し、降参しろといっている。無様に這《は》いつくばりたくはないだろう？」

「そりゃお優しいことで。聞いてねえけどな」

俺の言葉を無視し、ルーカスは言った。

「もう一つ、それは——こういうことだ」

呟《つぶや》くと同時、一瞬で周囲に幾重にも魔法陣が展開された。

数百……いや、数千の魔法陣が、見渡す限りの荒野、空中、はるか上空までもを埋め尽くし、青白い光を放つ。

あまりにも異様な光景。一つ一つに魔力が籠められていることから、はったりなんかじゃない。あいつは詠唱一つせずに無詠唱で、この魔法陣を一瞬のうちに展開させた。

しかも、この魔法陣——

「《極縁炎》《水龍陣》《雷令槍《らいれいそう》》《闇光塊》……」

囲む魔法陣を一瞥《いちべつ》し、呟く。

周囲を埋め尽くしている魔法陣全てが、《五大元素系魔法》《特殊魔法》などの最上位魔法。しかも、中には帝級の魔法陣もいくつかあった。……さすがに、神級魔法はないようだが。

「俺は、全ての魔法を使うことができる。同時展開の制限もない。無詠唱など当たり前だ」

ルーカスは当然のように言った。

「ああ、魔法だけではないぞ？　剣術も、武術も――俺は全てに〝才〟がある。なぜなら俺は〝選ばれし勇者〟だからだ」

「……なんだそりゃ」

思わず、乾いた笑いが出てしまった。

本当に、なんだそりゃとしか言い様がない。全ての魔法を使える？　全てに才がある？　ぶっ飛びすぎていて意味が分からない。

「どうする、D級」

聖剣を鞘《さや》に収め、ルーカスは冷めた目を向けた。

それだけの動作と言葉で、こいつが何を言いたいのかを理解する。ルーカスも、それが当たり前と言わんばかりに憮然《ぶぜん》とした顔を向けていた。

強い、なんてもんじゃない。あまりにも――強すぎる。

「……」

握っていた黒剣を虚空にしまう。もうこれは必要ないと思ったから。

ルーカスはそんな俺を見て、つまらなそうに、俺から視線を外す。まるで、興味を失ったかのように。

「降参しろ。弱者に構っている時間はない」

「……ああ、そうだな」

無言で拳を握る。こいつは強い。それは明らかな事実で、俺の想像以上の強さを持っていた。

「一つだけ聞かせて欲しい。お前の力は〝過去の勇者の力を引き出せる〟、〝聖剣を何本も複製できる〟、〝魔法、武術、剣術、全てに才がある〟……で間違いないか？」

「ああ、その通りだ。もっとも、この世の全てを覚えているわけではない上、複製した聖剣は俺にしか使えんがな」

なるほど。確かに、周囲に張り巡らされた魔法陣の中にはすべての魔法があるわけじゃない。無条件の能力に見えて、何かしらの条件はあるのだろう。

「そんなことはどうでもいい。早く降参しろ。俺の手を煩わせるな」

「悪い悪い、そうだよな。降参しなきゃな」

俺は顔をうつむかせる。こんな顔は見せられないと思ったからだ。

そして、そのまま無様に、降参の言葉を――

「お前が、な」

――言わなかった。

「……なんだと？」

ルーカスは訝《いぶか》しげな目を向ける。何を言われたのか分かっていないようだ。

「お前が降参しなきゃなって言ったんだ。耳が遠いのか？」

「貴様……馬鹿か？」

煽《あお》りだした俺に、正気を疑うように睨《にら》んでくる。

「現実が受け止められず可笑《おか》しくなったか。無様なやつだ」

「いいや？　俺はいたって平常だ。だって、お前の力がこれだけだって分かったんだからな」

「戯言《たわごと》を。もういい、終わらせてやる」

「いや、最初から言ってるだろ。〝お前より俺の方が強い〟って」

俺の言葉を無視し、ルーカスはわずかに手を動かし、握った拳を広げる動作を行う。

瞬間、四方八方に展開された魔法陣から、目にも止まらぬ速度で魔法が放出された。

……ああ、本当にこいつは強い。こんなに意味も分からず、あり得ない理論で理不尽に強いやつを見たのは初めてだ。全てに才があるって意味分かんねえよ。ズルいだろマジで。

「はあ……」

ため息をつく。何に対してではなく、主に自分に対して。努力しまくって頑張ってきた俺を侮辱したこいつに対しても。

確かにこいつは強い。……でも、でもだ。

俺は魔力を練り、魔法を展開させる。

「俺の方が、強いって言ってるだろ」

次に目に映った光景は。

向かってくる数千の魔法を、俺が展開した魔法がすべて綺麗に相殺した、そんな光景だった。

ルーカスの魔法と、まったく同じ種類と威力の、数千の魔法が。

「なっ……」

それまで余裕の表情を崩さなかったルーカスは開口し、驚いたように息を漏らした。何が起こったのか分からないといいたげな顔をしている。

俺のしたことは単純だ。ただ、ルーカスの展開した魔法の術式を読み取り、それとまったく同じ威力と種類の魔法を展開させ、何も考えずにぶつけただけ。

「何をした、D級」

だが、ルーカスは何をされたのか理解できていないようで、射殺すような目で睨んできた。

「単に、お前と同じ魔法で相殺しただけだ」

「そんなことは見れば分かる。なぜお前が俺と同じ魔法を、それも同時展開の制限もなく使えるんだと聞いている」

「んなの、俺にも同じことができるってだけの話だ。お前が使ったさっきの魔法は全部、俺だって覚えてるし使える。同時展開だって修業しまくったからな」

そう、俺だって修業時代に一心不乱に魔法を覚えまくったおかげで大体の魔法は使える。苦手な魔法は少ししか行使できないけど、それでも使えるといえば使える。

ちなみに俺が特に魔法をめちゃくちゃ頑張ったのは「身体《からだ》を動かさなくていいから」という身も蓋もない理由。剣技とか体術とかぶっちゃけ怠《だる》いし、何事も極力動かずに済むならそれで済ませたい。寝てるだけで金が入って来ないかなーって常に思っている。

「……勇者でもないD級風情が。そんな力を持っていいわけがない」

「別にいいだろ。俺だってめちゃくちゃ頑張ったんだぞ。筋トレとか」

「ふざけてるのか？」

ルーカスは馬鹿にされていると思ったのか、額に青筋を立ててすんごい形相でこっちを見てきた。俺嘘《うそ》ついてないのに。

「至って真面目だ。つか、これ以上は無駄だから降参してくれないか？　もう疲れた」

なんというか、今日は朝から色々と疲れたからもう休みたい。こちとら強制連行されてうさぎ跳びで逃げて地獄の鬼ごっこを繰り広げたあとなんだぞ。マギコスマイアからほぼ休みなく逃げ続けて精神的にももう限界。そろそろ安らかにベッドで七十年くらい睡眠させて欲しい。

俺の願いを理解してくれたのか、ルーカスは鞘に仕舞った聖剣を抜いて……ん、抜刀？

「そうだな、終わりにするとしよう」

ぐにゃりと姿を歪《ゆが》ませて消えた。理解してくれてなかった。

「いや、だから……」

ため息が出る。めんどくせえ。

怠い身体を動かし、足に魔力を籠《こ》めて。

「がっ!?」

「無駄だって言ってるだろ」

一足でルーカスの場所まで移動し、がら空きの背中をぶん殴って吹き飛ばした。

ルーカスは起きたことが理解できていない様子で地面に叩《たた》きつけられ、激しく咳《せ》き込んでいる。めんどいけど説明してやるか。

「《虚実幻影》の対策は簡単だ。術者が幻と実体を入れ替えるよりも早くぶん殴ればいい」

ルーカスは俺が説明しているにもかかわらず体勢を立て直して《虚実幻影》で移動。

「入れ替わられたあとも対処法は同じ。幻影と交替した本体をぶん殴ればいい」

本体を見切って一瞬で移動した俺は、今度は無防備な腹に蹴りを入れて宙に吹き飛ばす。

あ、今の鳩尾《みぞおち》に入った。《身体強化》は使っているみたいだけど俺はそれ以上の魔力を籠めて蹴ったからモロに身体にダメージが入っているだろう。つまりクソ痛い。

地面を五回くらいバウンドしたあと、ルーカスは地に手足を着けて激しく咳き込む。

「無数に幻影がいるのになんで本体が分かるのか……も簡単だ。一帯に常時《探知》をかけて魔力を見れば本体が割り出せる」

といっても、幻と本体の魔力の違いはほんのわずかなのだが。割と神経使うから疲れるんだよなこれ。

「……」

ルーカスは何も答えることなく、聖剣の先を俺に向けて構えた。

すると、焔《ほのお》のような魔力を纏《まと》っていた聖剣が姿形を変え始める。赤色の剣身は銀色に変わり、剣身が縮んで長剣ほどの長さだった聖剣はダガーほどの短剣へと変貌を遂げた。

あの聖剣は――【蝕《しょく》】の短剣〝カルドピア〟か。

なるほど、こいつの手の内が分かってきた。【幻】の《虚実幻影》を行使していたとき、聖剣は最初のままだった。つまり、聖剣の力を引き出す手順それぞれに条件がある。同時に複数の能力を使えるのかは分からないが、未《いま》だ使わないのを見る限りできないと見ていいだろう。

なら――まあ、やっぱり余裕だ。

俺は右手に練っていた魔力を解放し、ルーカスの周囲を漂っていた銀色の魔力にぶつけるようにして放つ。

纏っていた銀色の魔力を消失されたルーカスが。

「………なぜ、貴様が【蝕】の対処法を知っている」

と、表情を変えずに淡々と聞いてきた。

ルーカスは返答を待つことなく【音】、【操】、【伸】……と替わる替わるに聖剣を変えていく。が、俺も次々と対処をして何かされる前に潰していく。

出鼻をくじかれまくったルーカスは苦虫を噛《か》み潰したような顔で。

「なぜだ。勇者の力も持っていないD級ごときに、なぜ俺の力が通用しない」

「お前の力じゃないだろ。あと悪いが、もう何されてもお前に負けることはないぞ」

こいつは過去の聖剣の力を引き出せる、と言った。だが聖剣にはそれぞれ意志がある。そう簡単に扱える代物なんかじゃない。

おそらくだが、こいつは聖剣をそのまま使えない。『聖剣を複製する能力』で作れる聖剣はオリジナルのものじゃなく、コピーしただけの劣化版の可能性が高い。

元の聖剣よりも力が弱いのがそれを物語っている。それでも強力であることは間違いないが……オリジナルには遠く及ばない。

なら、俺が負ける道理は一ミリも存在しない。

俺も昔は勇者を目指していた身。当たり前だが、過去の勇者の能力なんて熟知している。

聖印図鑑なんて紙が擦り切れて破れるほど読んだし、トップシークレットになっている情報も魔導図書館にあった本で覚えた（勝手に）。

聖剣は所有者が替わる度に能力が変わるから、同じ【幻】でも使える能力が違ったりする。だから、まだ能力が未知数の今代の勇者が何をできるのかは分からない。

が、過去の勇者であれば対処法は全部頭の中に入っている。なら負けるわけがない。

「ふあ……それより、俺の勝ちだ。死にたくないなら降参しろ」

俺は大きく口を開けてあくびをして、ルーカスにそう言った。あー疲れた。これ終わったら宿屋で五時間くらい休憩するか。もちろんラフィネたちとは別行動で。

手を止め、うつむいていた顔を上げるルーカス。その目はなにか恨みでもあんのかってくらい俺を睨んでいた。え、怖いんだけど。

「……貴様が、D級に甘んじている理由を言え。何者にもなれるほどの力を持っているにもかかわらず、D級ごときに甘んじている理由を」

理由？　何でそんなこと聞くんだコイツ。

「いや、別に大した理由じゃないけど。ただ単にランクを上げるのがめんどかっただけだ。あと、何にでもは無理だろ。現に勇者になれなかったぞ俺は」

まあ今ではなれなくてよかったと心底思っているけど。あ、もちろんこれからも用はないから来ないでくれよ。来たら何が何でもぶち壊すために一生を費やす所存。

「ならば、貴様は何のためにその力を持っている」

「何のため？……そうだな」

　何のためって言うなら、勇者になるために得た力だけど……今は違うか。それ以外の何かのためにとか考えたことすらなかった。うーん何だろう、強いて言うなら――

「俺のため、か」

　答えると、一瞬空気が凍ったように静寂が訪れる。

　少しして動き出したルーカスが、何が楽しいのか急に笑い出した。何笑ってんだよ殴るぞ。

「……そうか、中々にふざけた答えだ。使命も役割もないD級冒険者らしい」

　冷徹な瞳を向けてくる。

「自分のため？　ああ、自由でいいだろうな。ただ奔放に生きていても、誰にも文句を言われない人生はさぞかし楽しいだろう」

「だろ？　まあでも色々と破綻しかけてるんだけど。周りのやつのせいで」

　主にレティとかイヴとか、ラフィネとかラフィネとかラフィネとか。

「皮肉だと分かれ。強者は弱者を救う義務がある。貴様はそれを放棄しているだけだ」

「……はあ？」

　何言ってんだこいつ。放棄してるも何も。

「俺の力を俺のために使って何が悪いんだよ？　俺の人生だ、何しても勝手だし文句を言われる筋合いはない。俺は自分のしたいように動くし、自分の道は自分で決める」

何で、こいつに義務とかなんとか言われなきゃいけないんだ。

俺は義務や責任とかの言葉が大嫌いな男。自由と平等を愛する一般冒険者。俺の邪魔をするなら強者も弱者も男も女も関係なく、平等にグーで殴り飛ばす。

俺の返答を聞いたルーカスは不満そうに鼻を鳴らして。

「降参だ。Ｄ級」

両手を上げて降参の意を示した。

《戦場《フィールド》》が解かれ、荒野から元いた闘技場へと視界が移り変わる。

「入国許可は俺が言っておいてやる。あの黒髪女、白魔導士と行動を共にしなくても構わん。【復興区域】でも【特別区域】でも、好きに動けばいい」

「あ、おい。待てよ」

話は終わりだと踵《きびす》を返したルーカスを呼び止める。

「教えるって言ってただろ。聞いてないぞ」

まだ、こいつがレティに何をしたのか聞いていない。なに帰ろうとしてんだ。

「ああ、そうだったな」

ルーカスはいま思い出したように頷《うなず》き、返答した。忘れてたのかよ。

目に魔力を集中させ、ルーカスの身体に纏う魔力を見る。これで、こいつが嘘を言おうとしてもわずかに魔力が揺れてすぐに分かる。嘘言ったら殴る。タコ殴りにする。

だが、言われたのは想像とは正反対の言葉だった。

「俺が、やつに危害を加えたことはない」

「……は？」

耳を疑うも、魔力に変化はなかった。嘘を言っていない。

……え、じゃあなんでレティはあんなに怯《おび》えてるんだ。意味分からんが。

「勇者として招集されて顔を合わせたことは何度かある。が、危害を加えたことは一度もない。俺はただやつの態度、思想、性格が気にいらんだけだ」

「なら、レティは何でお前を怖がってんだよ」

「そんなのは知らん。本人に聞け」

ルーカスは俺に聞くなと一蹴したあと、考えるように顎に手をあてて。

「ああ、だが……あの事実を知られたくないのかもしれん。貴様には特に、知られたら不都合なのだろう」

「はぁ？」

俺に知られたら不都合なこと？　あの隠し事とか一切しなさそうなレティが？

「何だそれ、教えろよ」

「機密事項だ。勇者の中でも数人しか聞かされていない。知りたいなら本人か勇者教会に聞け。教会は言わんと思うがな」

聞くも、取り付く島もなく教えてくれない。

「なぜ、そこまで気にかける？　親族でもないだろうに、どうだっていいではないか」

「……別に、ただ気になるだけだ」

そもそも無理矢理勧誘されたりして迷惑してるのはこっちの方だ。レティの過去に何があったとか隠し事とかどうでもいいし俺に関係ないし……でもめっちゃモヤモヤするから知りたいだけである。

ルーカスはふむ、と不思議そうに頷く。少し悩むような仕草を見せてから、俺から視線を外し、闘技場の出入口があるこっちに向かってスタスタと歩き始めた。

俺には目もくれず、ルーカスは出入口に足を進める。

そして俺とすれ違い際に足を止めて、口を開いた。

「そうだな……一つ、忠告しておいてやる。貴様が【攻】をどう思っているのかは知らん。なぜそこまで気にするのかも聞かん。俺にはどうだっていいことだ」

振り向くことすらせず、ただ淡々と言葉を吐き出す。

「だが、もし貴様が【攻】を大事に思っているのであれば――」

ルーカスは感情を捨てたような冷たい声で、言った。

「いますぐ、勇者などやめさせろ」

◇

リヴルヒイロに入国した俺たちは住民から熱烈な歓迎を受けたあと、疲れた身体《からだ》を癒やすべく宿屋で休憩……することなく、なんやかんやあって冒険者ギルドへ向かっていた。

「……」

「ん？　なんだししょー？」

「……いや、なんでもない」

すぐ横を歩いていたレティの姿を横目で見ると、視線に気付いたレティが不思議そうな顔を向けてきた。

――貴様には特に、知られたら不都合なのだろう。

――いますぐ勇者など、やめさせろ。

脳裏に、ルーカスの言葉が反芻《はんすう》する。

俺はがしがしと頭を掻《か》いて、顔は前に向けたまま口を開いた。

「レティ。何か俺に……言いたいことってあるか？　まあ、その、あれだ。隠してることとかさ。まあ、言いたくなかったらいいんだが」

レティはこてんと首をかしげてから、何かをひらめいたように顔を輝かせて。

「それはお願いでもいいのか？」

「まあいいけど。何だ？」

「パーティー入ってほしい！」

「それ以外で」

　それしかないのかコイツは。

　俺の即答にレティは「むー」と頬を膨らませる。可愛らしい。

「じゃあとくにないぞ！　わたしは勇者だからな！」

「……ふーん。ま、それならいいけど。何かあったら聞いてやらんこともないから言えよ」

　話を終わらせて、足を進める。言いたくないのか何なのかは知らないが、無理に聞こうとは思わない。誰だって秘密にしたいことの一つや二つあるだろう。なら、言いたくなったときにテキトーに聞けばそれでいい。

　まあそれは後回しだ。それよりいまは……。

「なんでいるんですかね……？」

　入国後、離れることなく後ろを歩くラフィネとイヴにそう声をかける。いや、厳密にはレティもなのだが。それは置いておいて。

「え？　妻の私がおそばで支えるのは当たり前ではないですか。ふふ、冗談がお上手です

ね」

「そう、当たり前。レイが行くところにはわたしも行く。あと妻はわたし」

「ふふ、冗談がお上手ですね？　妻は私ですよ？」

「ラフィネも冗談が上手。おもしろい」

「俺を挟んで言い合うのやめてくれない？」

笑顔が怖いラフィネと無表情のイヴの言い合いを止める。どっちも妻じゃないからこの争い不毛すぎる。ってかイヴは俺の行くところについていくって、じゃあありえないけどトイレとか風呂にもついて……きそうだなうん。絶対阻止するぞ。

「でもいいじゃないですか。依頼を受けるにも人手が多いほうがいいですし」

「その通り。だからわたしたちも行く」

「やっぱり君たち仲いいよね？」

絶妙なコンビネーションで押し通そうとする二人。ここぞとばかりに連携するな。

構わず、ギルドに向けて足を進める。ラフィネとイヴは許可されたと思ったのか、お互いに嬉《うれ》しそうにアイコンタクトを取り合っていた。イヴにいたってはグッと親指を立てている。この野郎。

「まあ、いいか」

呟《つぶや》いて、自分を納得させる。

別行動しようとは思っていた。

……が、俺も二人に話さなきゃいけないことができた。本当はしたくなかったが、あの想《おも》いを見せられたら言うしかなくなった。……それが嫌で逃げ続けてたんだけどな。

頭の中に湧いた妙な感情が嫌で、掻き消すように頭を振る。

……ああ、本当にやりたくない。でも、言わないとこのままの関係を続けることになってしまうだろう。心底やりたくなくても、いつかはしなくちゃいけない。

だから、俺は口を開いて、こう提案した。

「…………そうだ。せっかくだし、ギルドに行く前に観光でもしないか？」

「観光？　ですが、お金がないから急いでギルドで依頼を受けようとしていたのでは？」

「……まあそうなんだが、せっかくだしと思ってな。観光だけなら金もかからない」

「私はジレイ様とデートできるなら嬉しいですが……？」

困惑した様子のラフィネに、俺は「じゃあそういうことで」と決定する。

「レティもそれでいいか？」

「でも、わたしは前に来たことあるから、観光しても見るものないぞ？」

「それは勇者としてだろ？　ゆっくり観光したわけじゃないだろうし……あと、リヴルヒイロは美味《うま》い菓子の屋台が多い。しかも勇者ならほぼタダで食える」

「する！　早くいこう！」

引っ張って急《せ》かしてくるレティ。目がキラキラとお菓子を欲する目になっていた。

これでラフィネとレティはよし。あとはイヴだが――

「ごめん。わたしは、いい」

断られてしまった。

「な、なんでだ？　たぶん楽しいと思うぞ？」

「楽しいと思う。けど、行かない。レイが自分から誘うのは変だから」

イヴは俺の心中を見透かしたような無表情。うっ……。

「だから、やめとく。それにそういうことなら……」

ちらり、とイヴは視線をレティの方に向けた。すぐに「……ううん、なんでもない」と言葉を切る。

「レティ、わたしの分もよろしく」

「分かった！　任せろ！」

元気よく返事をするレティの頭をイヴが撫《な》でる。よく分からんが行かないらしい。

「でも、ギルドで一緒に依頼は受けたいから終わったら連絡してほしい」

「？　まあ、別にいいけど……」

「そのあいだ、マーヤと一緒に買い物とかしてる。杖《つえ》買うって約束した」

分かったと返事をすると、イヴは「じゃあ」と歩いていってしまう。

まさか、俺が何を言おうとしているのか分かったのだろうか。いや、そんなわけないか。話をするタイミングを作ろうと思って急に観光に誘ったのが変だっただけだろう。

……まあ、イヴが来ないなら先にラフィネに話をして、あとでイヴにも言えばいい。

そう思っていたのだが――

「ジレイ様。やっぱり、私もやめておきます」

ラフィネも行かないと言い出してしまった。

「イヴを差し置いて楽しみたくないですから。レティさん、私の分もお願いします」

「おお！　お願いされた！」

「お、おい――」

「失礼いたします。楽しんできてくださいね」

止める暇もなく、ラフィネは一礼してから去って行く。

残ったのはレティと俺だけ。ふむ、想定していなかった事態だ。ラフィネとイヴに話があったのに、これじゃ何の意味もないんだが。

「ししょー行くぞ！　はやくはやく！」

「あ、ああ……」

俺はレティに引っ張られながら、釈然としない気持ちで観光をすることになった。

◇

観光を始めて、数十分後。

「ひほー、ふひははほおはひほはへふほ（ししょー、つぎはあのお菓子をたべるぞ）」

「喋《しゃべ》るか食べるかどっちかにしろ。つか喉につまるからもっとゆっくり食べろよ」

リスみたいに口いっぱいに食べ物を詰め込んだレティに俺は言う。

「はひほふふは、ははひはふうははは……んぐっ！　んー！」

「言わんこっちゃねえ！　ほら水！　早く飲め！」

喉を詰まらせたレティに水を飲ませる。なんとか流し込み、大事には至らないですんだ。

「ぷは……あぶなかった。ししょーありがとう！」

レティは可愛《かわい》らしい満面の笑みで言う。たったいま自分が死にそうになったとは少しも思っていなさそうだ。

おそらく、通りかかる屋台すべてで購入して食べてるのはコイツくらいだろう。そのせいでレティの小さな腹はぽっこりと大きくなっており、とても動きづらそうだ。

そんなになるまで食うなよ……と言いたいが、通りかかるほぼすべての店員から勇者のレティは声をかけられて、「ウチの自慢のお菓子をぜひ」「暑いでしょう、どうぞアイスを」「俺の自慢のフランクフルトを」と大人気。その度にレティは購入していた。なので店員のせいも大いにある。断らないレティも悪いけど。

「じゃあ次は――」

「待て、少し休憩だ」

　俺は懲りずに他の屋台へ行こうとするレティの頭を摑《つか》んで止める。そのまま引きずって、近くのベンチに座らせた。

　ぶー、とレティは口を尖《とが》らせて文句を言ってきたが、無視して休ませる。食いすぎ。

　俺は周りに目をやり、いまも虎視《こし》眈々《たんたん》とこちらを狙っている店員たちを睨みつける。ガンつけられた店員たちは蜘蛛《くも》の子を散らすかのように離れていく。

　こいつら……勇者に利用して貰《もら》えると国から補助金が出るとはいえ、あまりにも露骨すぎる。レティは勇者だからタダ同然なのに俺には普通に定価で売ろうとするし。まったく、うんこみたいな国である。滅べばいいのに。

　俺がギルドで金を稼がなくちゃいけないのもこの国が悪い。いや俺の金が少ないのも悪いんだけど。それでも他の国の宿屋なら泊まれる程度の金は持っている。

　というのも入国したあと、勇者であるレティを含めた俺たちは熱烈な歓迎を受けることになったのだ。当然のようにすべてが九割引になり実質タダ同然。あまりにもチヤホヤされすぎて俺は勇者だった……？　と勘違いしてしまったくらいだ。

　まあもちろん、勘違いだったのだが。

レティたち勇者パーティーの中に紛れ込んでいた異分子こと俺を見て、メンバーではないとバレるやいなや手のひら返して俺だけ冷遇。俺は涙目。ひどすぎん？

宿屋はもちろん、飲食店も武具屋も俺だけ定価。レティたちは最高級宿屋に宿泊できるにもかかわらず、俺は馬小屋にすら泊まれない。現実ってつらい。

クソガキに泥団子を顔にシュートされたときはさすがにキレそうになったが、さすがは俺。そんなことではキレず、負けじと泥団子をぶつけてやった。オラァ！　大人舐《な》めんじゃねえぞ!!

……ってか、ラフィネも勇者パーティーじゃないはずなんだが。なんで俺だけ冷遇されてんだよ。「勇者パーティーではないですが美しいのでＯＫ！」じゃねえよ何でだよ。俺だってイケメンだろ割引しろやコラ。

金が皆無の俺にラフィネたちがお金なら代わりに～と言ってくれたが断った。自分の金は自分で稼ぐし、こういうことで借りを作ったらあとが怖い。

あー、でもシャルには何だかんだ甘えちゃうんだよな……妹のように思っているからだろうか？　むしろシャルは要らないって言うと泣きそうになるから断れないのもある。お金を返そうとしているのに拒否されるし。いや絶対返すけどさ。

あと、入国してからアルディに言われたのだが……魔導図書館はまだ開館していないらしい。数日後に入れるようになるんだとか。そんな大事なことはもっと早く言えよ。

おまけに、申請する際に俺とレティとラフィネとイヴで申請したらしく、全員で仲良く揃《そろ》って行かないと入ることすら不可能だとか。あのクソ猫はいつか地中深くに埋める。

用事を済ませに行くとか言ってどっかに行ったし……終わったら俺の所に来るとほざいていたがそのまま来ないでほしい。

「ししょー、あのでかい塔って何だ？　まえ来たときはなかった」

ベンチで休んで足をぷらぷらしているレティが遠くの建物について聞いてくる。指を指された方向に顔を向けると、天をそり立つようにそびえ立つ塔が見えた。ああ、あれは……。

「〝時計塔〟だな。三年前くらいに建てられたらしい」

塔の最上部には一際目立つドデカい時計――《魔導時計《マギ・クロック》》。

塔の四面にそれぞれ設置されているおかげで、リヴルヒイロのどこにいても現在時刻を知ることができる。観光地としても有名なスポットだ。デートスポットとしても人気らしい。

「確か……あそこで想いを伝えて恋人になると一生破局しないとかなんとか聞いたな。逆に振られたらその後も生涯、好きな人と付き合うことができなくなるらしい」

なんというハイリスク。振られた方がダメージがでかいと思うのは俺だけだろうか。

しかし、それでもここで告白する男女は後をたたないという。俺には理解できない事柄だ。恋は盲目とは聞くがさすがに盲目過ぎる気がする。

……ん、でもレティが前来たときはなかったってことは、三年以上前に来たのか？　俺とレティが初めて会ったのが四年前だから、俺と別れたあとにでも来たんだろうか。その時はまだ【攻】の勇者じゃなかったはずだけど、何のために来たんだろう。

少し気になったので聞こうと思ったが、大した理由じゃないだろうしと思い直してやめる。どうせお菓子が食べたかったとかそういう理由だろう。

そのまま少し休憩していると、街道をおぼつかない足取りで歩く老人が目に入った。

老人は背中に大きな荷物を担ぎながら、つらそうに道を進んでいる。

だが、周りの人たちは老人に気付いているにもかかわらず、誰も手助けしようとはしない。

……まあ、そうだよな。目の前で人が困っていても、率先して助けようとする人間は少ない。誰かがやるだろうと思って傍観するのが普通だ。しかも——

俺は老人の頭部——熊のような獣耳に目を向ける。

「獣人種ならなおさら……ってとこか」

老人が向かっているのは獣人種が多く住んでいる【復興区域】の方向で、住んでいる家もそちらにあるのだろう。なら、自分に危害が加わるかもしれないと恐れた【一般区域】の住民が行きたくないと考えるのは自然なことだった。

と、言うのは分かっているが。

見ていてモヤモヤするのは事実。俺はベンチから立ち上がり――

「おい、じいさ――」

「おじいちゃんどこまで行くんだ？　手伝うぞ！」

「おお、すまないねえ……」

声をかけようとしたら、レティが既に動いていた。

そのままレティは老人の担いでいた荷物をひょいっと軽々持って、ついでに老人も担いで持っていこうとする。まてまて。

俺はレティに荷物を持たせて老人を背負う。行き先を聞いて、俺たちは歩き出した。

しばらく歩いていると、【復興区域】を囲む壁と門が見えてくる。通行を管理する関所のそばには警備員が配置されていて、不法侵入者がいないか厳重に目を光らせていた。

「お嬢ちゃんたち、ありがとねえ。ここで大丈夫じゃよ」

「そうか？　せっかくだから家までもっていくぞ。許可証もあるし！」

「……いや、レティ。ここまでにしとけ」

「……？　おお？」

俺は疑問を浮かべているレティから荷物を取り上げ、老人に渡した。

レティは分かっていないようだが、老人がここで大丈夫と言ったのは許可証がないと思ったからだけじゃない。

門の奥から向けられる視線。一人じゃなく、何人もの人間から向けられている。

好意的なもの……だったら良かったんだが、そのどれもが敵意を含んだ視線だ。

――「最近、【復興区域】に住んでいる一部の反勇者派の方たちが激化していまして……【特別区域】への移動の際に、〝勇者パーティーの一員〟である皆様に危害を加える可能性が高いんです」――

俺は入国のときに受付で聞いたことを思い出す。

「じいさん、知ってたのかよ」

「ほっほ、これでも長く生きてるんじゃ。恩人にケガはさせられんよ」

老人は楽しげに笑った。

初めからレティが勇者だと気付いていたのだろう。まだ入国したばかりで【一般区域】ならまだしも【復興区域】には情報もろくに伝わってなかったはずだが……食えないじいさんだ。

「お嬢ちゃん、手をお出し」

「む？　こうか？」

差し出したレティの両手に、小さな袋を載せる老人。なんだこれ？　とレティが問うと、お礼じゃと老人は返した。

「おかね？」

レティが小袋を開けてみると何枚もの硬貨。しかも──

「じいさん、さすがに金貨はお礼しすぎじゃないか？　しかも十枚もって……」

「いいんじゃよ。この歳《とし》になると金も使わん。未来ある若者に渡した方が有意義じゃて」

「ふーん……まあいいけど。俺の金じゃないし」

「お前さんも手をお出し」

え、マジで？　俺にもくれるの？

いやーそんなつもりはなかったんだけどなあ。まあくれるってんなら貰うけど……へへへ。

「ほれ」

チャリン。銅貨が一枚俺の手に載せられた。

「おい」

「未来ある若者に渡した方が有意義じゃて」

「その理屈だと俺が未来ないおっさんってことになるんだが」

「それに碌《ろく》なことに使わなそうじゃし」

「じじいこの野郎」

当たってるけどムカつく。確かに大金持ってたら散財しちゃうけどムカつく！

俺へのお礼が雑すぎるじじいに殺意を抱いていると、レティが言った。

「おじいちゃん、これ返す！」

「ほ？　じゃが……」

「私は勇者だからお礼はいらないんだ！　だからはい！」

レティはじじいに無理矢理小袋を返し、礼はいらないと主張する。

「……レティ、じゃあ俺が代わりに「駄目だ！」」

ぺしんと伸ばした手を叩《たた》かれた。ふむ、残念だ。ふむふむ。

いいのかい？　と何度も聞くじじいにレティは何の迷いもなく頷《うなず》く。じじいもその様子に根負けしたのか諦めたようだ。ああああもったいねえ。

「……いい妹さんですな」

「いや妹じゃねえけど」

見当違いなことを言ってきたじじい。髪色も目の色も違うのにどこみてそう思ったんだ。

「私はししょーの妹だったのか？」

「違えよ」

「お兄ちゃん！」

「呼ぶな」

俺たちを見てほっほっほと笑うじじい。優しげな目をレティに向けて。

「お嬢ちゃんはいい瞳をしておる。純粋で、綺麗《きれい》な瞳じゃ。隣との対比でなおさらよく見えおるわい」

「隣って俺のことか？　俺の瞳が濁ってるっていいたいのか？」

「じゃが……あの赤毛の勇者は悲しい瞳をしておる。同じ勇者でも、こうも違う」

　じじいは俺を無視して話す。

「赤毛の勇者って……ルーカスのことだよな。知り合いかよ？」

「あの子はよく【復興区域】に来とるからな。この前も復興作業を手伝ってくれたのう」

「へー……あいつも勇者らしいことやってたんだな」

　てっきり、「俺がなぜそんなことをしなくてはならん」とか言ってそういう汚れ作業とかはしないイメージだった。ああ見えてちゃんと人を助けていたらしい。

「あの子の瞳は、孤独な瞳をしとる。心の底から笑うことも、泣きもせん。誰にも気を許すことなく、いつも気を張っておる。……悲しい生き方じゃよ」

　じじいは俺の顔を見上げて、言った。

「のう、お前さん。あの子を気にかけてやってくれんか」

「……俺が？」

「うむ、あの子に必要なのは心を許せる友人じゃて」

「俺が？　あいつの友人に？」

どんな冗談だろうか。あいつが孤独とかなんとかは百歩譲って分かるとしても、俺があいつの友人になっている姿をまるで想像できない。絶対なれないと思う。

「ってかあいつはそもそも友人なんていらないと思ってるだろ」

「――そうだ。俺には友人など必要ない」

背後、すぐ近くから声が聞こえた。

「爺《じじい》、歳で耄碌《もうろく》してきたようだな。余計なことを言うんじゃない」

「ほほ、そうかい。それはすまんのう」

じじいは悪びれもせず笑って謝罪し、その人物――ルーカスは舌打ちする。

そして、突然現れたルーカスは俺に視線を向ける。数秒、お互いの目が合った。

ルーカスは視線を外すと、立ち去ろうと踵《きびす》を返して、だがすぐに立ち止まる。

少し何かを思い悩んでいるような所作だった。躊躇《ちゅうちょ》しているような、そんな横顔。

「D級」

「んだよ」

不機嫌に返答した俺に、ルーカスは振り返った。

「少し話せるか」

◇

レティと別れて後で集合場所で合流することにした俺は、ルーカスに連れられて近くの広場にやってきた。

今日は晴天で風も涼しいからか、広場では観光客や住民が休憩していて、子供たちが玉蹴りをしてわいわいと遊んでいた。とても和やかな雰囲気だ。

「で、何の用だよ。どこへでも行けって言ってたのに、俺のあとをつけてきたのか？」

「気持ち悪いことを言うな。ただ貴様の顔を偶然見かけて、聞いてみたいことが一つできただけだ。つけてきた？　頼まれても願い下げだ」

「こっちだって願い下げだわ。……で、早く言えよ。俺も暇じゃねえんだ」

なんたってこの後はギルドへ依頼を受注しに行かねばならんのだ。そんで早く終わらせて宿屋のベッドで気持ちよく寝るのである。パーフェクトプランだろ天才かよ。

俺が続きを促すように目を向けると、ルーカスはわずかに逡巡《しゅんじゅん》してから言った。

「貴様には、大切な人はいるか」

「……？」

よく分からない質問。うん？

「肉親、恋人……なんでもいい。過去でも、現在でも、そんな存在がいたことがあるか」

「……いや、いないいな」

意図が読めなかったが、少し考えたあとに答える。

「そうか。では、いると仮定して聞こう。もし貴様にとって大切な存在が——殺されたとしたらどうする？」

「はあ？　殺されたら？」

「自らの力を使って復讐《ふくしゅう》することは容易《たやす》い。だが、死んだ者は正しく生きることを望んでいる。その場合、貴様はどんな行動を取る？」

ルーカスは冷静な瞳で俺を見ていた。

んん？　何が聞きたいのか意図がまったく見えないんだが……。

答えようと口を開くが。

遊んでいた子供たちのボールがルーカスの方へ飛んできて中断した。

「す、すみません！　あの、ボール……」

「……気をつけろ」

ルーカスは片手で受け止めて、ボールを取りに来た子供に投げて返した。

「……意外だな」

「何がだ？」

「いや、もっと高圧的に言うかと思ったからさ」

てっきり、「不愉快だ」とか言ってボールを握り潰すかと思ってた。

「……そうして何になる。子供のしたことに怒っても意味がないだろう」

「いやまあそうだけど。お前ならするかなって」

「貴様は俺をなんだと思っている……」

嘆息し、視線を子供たちに向けるルーカス。

元気に遊んでいる子供たちを見るその目はなんとなく悲しげに見えて、同時に少しだけ優しい目をしているように見えた。

「……さっきの質問は忘れろ。俺らしくもないことを聞いてしまった」

ルーカスは俺の方に向き直り、舌打ちを零《こぼ》す。

「……あっそ。何であんなこと聞いたんだよ」

「答える必要はない」

「勝手に聞いてきてか？　知る権利くらいはあると思うんだが」

ルーカスは黙ったあと、不機嫌そうに口を開いて。

「……あれほどの力を持っている貴様であれば、どんな答えを出すのか知りたかっただけだ」

と、言った。変なことを聞くやつだ。

「そういえば、お前ってアルディと面識あったんだな」

「ああ、子供のときの話だがな」

闘う前、アルディとそんなことを話していたことを思い出して聞いてみると、そんな答えが返ってくる。やはりあの猫、無駄に顔が広い。

「小さい時は純粋だったーとかアルディが言ってたけど、ほんとなんでこうなっちまったのかね。あの子供たちの純粋さを見習った方がいいんじゃないか？」

「ふむ、濁った瞳の貴様には言われたくないな。まだ幾ばくか俺の方が純粋だろう」

「ほんとムカつくやつだなお前」

青筋を立てているとルーカスは「話はそれだけだ」と言い、去って行く。

自分が連れ出したくせにこの態度。失礼にもほどがある。

……やっぱり、コイツとは仲良くなれる気がしないわ。

◇

ラフィネとイヴに用が終わったことを魔法で伝え、集合場所に行くと当然だが誰も来ていなかった。ちゃんと伝えたはずのレティも来ていない。どこ行ってんのアイツ。

「いや、でも探しに行くのもな……行き違いになったら嫌だし待っ――」

「ばあ！」

「んきゃおっ!?」

突然耳元で大きな声。驚きすぎて女の子みたいな声がでた。

「な、なな……」

「驚きました？　サプライズ大成功です！」

サプライズっておま。

その人物――ラフィネはふふんと満足げに頷いて、楽しそうに笑う。心臓止まると思った。

「ですがこれで終わりではありません！　ジレイ様、これをどうぞ！」

未《いま》だドキドキする胸を押さえていると、小さな箱を手渡される。

……え、開けなきゃいけないのこれ？

キラキラした目でこちらを見るラフィネ。開けなきゃいけないらしい。

ビクビクしながら開ける。

すると、出てきたのはびっくり箱とかではなく、小さな黒い指輪。

「露店で見つけまして、ジレイ様に似合いそうだったので買っちゃいました！」

どうやら、俺にプレゼントしてくれるようだ。

指輪を手に取る。魔導具とかでもない普通の指輪だ。だが――

「あと、《運気》の魔法と他にもいくつか魔法を付与しておきました。あまり強い魔法はかけられなかったのですが……所持しているだけでも効果があるので、受け取って頂けませんか？」

「貰《もら》えるってんなら、まあ。……でも、何で俺に？」

「ジレイ様には貰ってばかりですし、少しでもお返しがしたかったんです」

「……俺、そんなにあげてないと思うけど」

「そんなことないですよ！　このペンダントも《変幻の指輪》も、ジレイ様がくれたものじゃないですか。他にも、形には残らないものをたくさん頂いてます」

「形には残らないもの？　あげた覚えがないが……」

何かあげただろうか？　特に記憶にないぞ。

「あと、貰う予定のものもありますし。婚約書のサインとか」

何それ怖い。

冗談だよね？　と聞くも、うふふと笑って返される。目が据わっていた。

ラフィネはそれに、と言って。

「ジレイ様に幸せになっていただきたいな、と思いまして」

小さく、笑った。見惚《みと》れるほどの純粋な微笑《ほほえ》みで。

「ジレイ様、どうしました？」

「……いや、別に」

「あ、そうです！　せっかくなのでつけてみてください！」

「あ、ああ……」

勢いに押されてつけることに。似合ってます！　と褒めてくれた。

ぱちぱちと手を叩《たた》いてわあー！　と心底嬉《うれ》しそうにはしゃぐラフィネ。

「……」

それを見て、胸に鋭い痛みを覚えた。

針が刺さったかのようにズキズキと痛みが走る。

耐えられずに、俺は口を開く。

「……ラフィネ」

「はい！　なんですか！」

「う…………いや、なんでもない……」

「？　そうですか？」

ラフィネは不思議そうに首をかしげる。俺はそんなラフィネから顔を背けてしまう。

言わなきゃいけないことだ。そんなことは分かっている。

だけど、元気に返事をして楽しそうな笑みを浮かべるラフィネを見て、言葉を飲み込んでしまった。続く言葉を、出せなかった。

……まだ、まだ大丈夫だ。ちゃんと後で言う。タイミングを見て話をする。だから大丈夫だ。

何度も心の中で自分に言い聞かせる。

でも、後回しにした自分とラフィネへの罪悪感は残ったままで……。

ちくりと、また胸が痛んだ。


「それとですね、その指輪にかけた魔法についてですが、《運気》の他にも魔法を付与していまして、実は装着していると夢の中に私が出てくるようになっています。残念ですが本当の私と会えるわけではなくて、あくまでも夢なのですけど……他にも私の声で朝の挨拶から夜のお休みなさいまで自動で喋《しゃべ》るようになっていますのでこれで寂しくありません。あとジレイ様への愛の囁《ささや》きもたくさん入れて、いつでもどこでも私を感じられるように配慮して作りました。ぜひぜひ着けてくださいね」

「…………あ、ああ。すごいなうん、いろいろと」

俺は見えないようにそっと指輪を外し、《異空間収納《アイテムボックス》》にしまった。

◇

その後、イヴとレティとも無事合流し（レティはまた屋台で食べ歩いていた。強制的に連れ戻した）、俺たちはギルドへ足を進めていた。

「えーっと……確か、ギルドはこっちだった気がするんだが」

そのまま歩くこと数分。昔、来たときの記憶を頼りに探すも一向に見つからない。むしろ都市部から離れて閑散とした場所までやってきてしまった。

……あれ、もしかして迷った？　いやいやまさか俺が迷子だなんて。まさかそんなね。

「レイ、迷子？」

「何を言っているんですか！　ジレイ様が迷子になんてなるわけありません！」

「そうだ！　ししょーは迷子になんてならないぞ！」

「……あ、ああ。俺が迷子だなんてなうん。ナルワケナイヨ」

ラフィネとレティのフォロー。いらない、そのフォローいらない。

事前に《探知魔法》を使って探しておけばよかった。なんで俺は曖昧な記憶で行けると思ってしまったのか。

そのまま立ち止まって考え込んでいると。

「うおっ!?　なんだよレティ、別にどうしようとか思ってないから――？」

ドン！　と俺の腰に何かがしがみつくような衝撃がして、レティがふざけているのかと思い目を向ける。……が、そこにいたのはレティじゃなかった。

一言でいうなら幼女。まだ五歳くらいの幼女だ。

もちろん面識なんてない。俺に幼女の知り合いはいな……いこともないか。でもその唯一の知り合いであるルナじゃない。

つまり、見知らぬ幼女が俺の腰にしがみついていたというわけで。

……うん、なるほど幼女ね。まあこの辺はよく幼女が自然湧きするスポットだからこういうこともある——ってあってたまるか。

「いえい！」

「遺影？」

こちらを指さし、元気よく俺を亡き者にする幼女。辛辣すぎるってぇ。

「いえいー！」

「イエイ？」

「あのえー？　さっきぱぱといたあえー？　いえいがいええ、そえでえ、いたったおー」

「うん、うんうん……なんて？」

なんて？

「だああえ？　いえいおいっおにいえー」

幼女は急な出来事に理解が追いついていない俺の服の裾を小さな手で摑《つか》み、ぐいぐいとどこかに連れて行こうとする。えっちょ……誘拐！　幼女に誘拐される！

ぐいぐいと引っ張られていると。

「ヒナ！　パパと離れちゃダメだって言っただろ！　戻るぞ……って、あれ？」

そんな声が後ろから聞こえて振り返る。

「……ジレイ？」

そこには、前に一緒に依頼を受けた冒険者であり、ゴリラみたいな顔が特徴の大男――ウェッドが、目を丸くして立っていた。

◇

ウェッドの先導でギルドに到着した俺たちは、備え付けられている酒場の五人席のテーブルに腰を落ち着けて話をしていた。

「久しぶりだなおい！　お前ってやつは礼も受け取らずに居なくなっちまいやがって……そうだ、礼と言ってはちいせえが、ここのお代は俺に任せてくれよ〝兄弟〟！」

「あおえー？　ぱぱあえ、いえいおこおあいいちいっえうんだおー？」

「あー……取りあえず、これなんとかしてくれるか？」

俺は、勝手に肩に登ってきて頭にしがみつき、ぶちぶちと髪の毛を楽しげに抜いてキャッキャしている幼女を指さし、そう言った。

ウェッドは「おお、悪い悪い」と幼女を下ろそうとするも、「やー！」と拒否されて

「そうかー嫌かあー」と退散する。諦めんなよどうしてそこで諦めるんだよそこで！

「ウェッド、もう一度聞きたいんだが」

「おう？　なんだ？」

「本当に誘拐とかじゃないんだよな？」

「ちげえっつの！　見ろよ、このまんまるな目とかそっくりだろうが！」

「うーん……？」

話を聞くに、この幼女はウェッドの娘らしいのだが……似ても似つかない。

この可愛《かわい》らしい顔立ちをしている幼女が、目の前のゴリラから生まれたとは思えない。

美人の嫁さんがいるとは前に聞いたことがあるが、それでも信じられない。ウェッドの要素一％くらいしかないだろこれ。

まあ取りあえず帰りに騎士団に報告するとして。

「……これ、なんとかしてくれ」

俺の頭、というか顔をべしべしと叩いたり目隠ししてきたりする幼女をどけてくれとお願いした。痛くないんだけどさっきから邪魔すぎるって。

てかこの幼女、最初から俺のこと知ってる感じだったんだけど何で？　『いえい』って俺のことだったらしいし。俺はそんなファンキーな名前じゃないんだけど？

そのことについて聞いてみると。

「うーん……たぶんあれだな。俺がヒナを寝かしつける前にジレイのことを話したりしてたからだ。おままごとの夫役に〝いえい〟って付けてたし」

　じゃあお前のせいじゃねえか。

　原因が目の前のゴリラだと分かった俺が幼女を摑んで下ろそうとするも、がっちりと髪の毛を摑まれていて下ろせない。無理矢理したら俺の毛根が死ぬ。

　その様子を見たラフィネが意気揚々と胸をはって出てきて。

「では、私にお任せください！　私と向こうであそ「やっ！」」

　顔にめり込む幼女の拳。幼女はぷいっとラフィネから顔を背け、俺にひしっとしがみついた。

　ラフィネはにっこりと笑顔になり、ギルドの隅の方に移動してめちゃくちゃ落ち込み始め……あー、えーっとそのうん。

「まったく。ラフィネじゃだめ。わた「やぁー！」」

　伸ばした手を秒速で叩かれるイヴ。黙って隅に移動。膝を抱える。やべえ犠牲者増えた。

「うん！　やっぱりししょーはすごいな！」

　そしてなぜか俺を褒め始めるレティ。ニコニコと屈託のない笑みを浮かべていた。

「……で、ウェッドは何でこんなところにいるんだ？　前にユニウェルシアに住んでるって言ってなかったか？」

取りあえず、俺は放置することにした。考えることをやめたとも言う。

「おう、それなんだけどな。あの依頼以降、すこし考えが変わってよ……できる限り、家族と一緒に居るようにしたんだ。今日は休日だったんだが、まさか兄弟に会えるとはなぁ……」

「ふーん。あと兄弟って言うのやめろ」

「いいじゃねえかよぅ！　俺とお前の仲だろ。ならここで盃《さかずき》でも交わしとこうぜ！　おーい、冷えたエールと……あれ、そういやジレイって酒飲めるのか？」

「飲めないことはないけど飲まない。ってか昼間から酒飲もうとするな」

んだよーと不満そうにするウェッド。子連れで酒飲むな。

「ま、それは冗談だ。さすがに昼間から酒飲まねえって。話を戻すが……あれ以降、家族との時間をもっと大切にしようって思ってな。いつ死ぬか分かんねえ冒険者なんてやってるってもんだ。少しでも一緒にいたいって思ったんだ」

「そうか。まあどうでもいいけど」

「ひでぇ!?　じゃあ聞くなって！」

何が楽しいのかウェッドは大口を開けて笑い、俺の背中をバシバシと叩《たた》く。痛い痛い。

辟易《へきえき》していると回復したイヴがやってきて。

「レイって、よく子供に好かれる。魔導学園の生徒たちもレイのこと慕ってた」

「……そういえば、言われてみればそうだな」

　考えてみれば、昔から子供によくあーだこーだ言われることが多い。好かれているかどうかは分からんが、つきまとわれることが多いのは事実だ。いや、俺は子供好きじゃないから迷惑なんだが。

「確かにそうですね……以前、竜馬にも懐かれていましたし、きっとジレイ様の綺麗《きれい》なお心が分かっているのでしょう」

　うんうんと頷《うなず》くラフィネたち。だとしたら節穴にもほどがあると思うんですけど。

「あれ、思えばジレイ様、小さな子供や動物にはお優しいような……つまり、私が子供になればジレイ様に求愛を貰《もら》える……？」

「なるほど、それは名案」

「しないからな？」

　この人たち何言ってんのマジで。

「ジレイ、お前……」

「おいやめろ、スミに置けねえなぁ～みたいな顔で見るな。そんなんじゃないから」

「ええ、そうなんです。いま思えばあの日の夜からでしょうか。ジレイ様と私は二人きりで蜜月の夜を過ごして……」

「ちょっと黙ってて貰える？」

それ事実が大幅に脚色されてるって。夜に一緒にいたのは本当だけどその言い方だと何かあったと思われるから。ほんとにやめて。ほらイヴが「……その話、続き聞かせて」とか無表情だけど据わった目で言っちゃってるから。

そのまま少しわちゃわちゃと話したあと、暖かい目で見守っていたウェッドが口を開き、幼女にこう言った。

「ヒナ、ちょっと俺はジレイと話があるからあっちで遊んでてくれるか？」

「や！」

「お菓子かってあげるって言ってもか？」

「わあった！　ねーた、あおんえあげう！」

「え？……はい！　遊びましょう！」

そう言って俺から下りた幼女は、さっきまで嫌がっていたラフィネたちを連れてギルドのおもちゃスペースに移動し……え、ここそんなんあんの？

優しい顔で幼女たちを見送ったウェッドがこちらを向いて。

「んでよ、前から言いたいことがあったんだ」

真剣な顔になって、そう切り出してきた。俺もその雰囲気に当てられて、椅子にもたれていた身体《からだ》を少し起こして話を聞く姿勢になる。

一体、何を言われるのかと身構えていると……。

「本当に、ありがとな」

「……はぁ？」

なぜか突然感謝された。え、なんで？

「前に助けて貰ってちゃんとお礼いってなかっただろ？　だから、また会ったら言おうと思ってたんだ。助けて貰ったのに礼もねえなんて不義理したくねえからな」

「……そんなの、しなくていいけどな」

なんとなく気まずくなって、ウェッドから顔を逸《そ》らす。

別に、俺は助けるつもりがあったわけじゃない。ただたまたまそこにウェッドがいただけで、それは偶然だ。感謝されることなんかない。

「俺、あんときマジで俺はここで死ぬんだと思ったんだ。『ユニウェルシアには俺の家族がいるから逃げるわけにはいかねえ』とか、かっこつけてたけどよ。……本当は逃げてえくらい怖かった。逃げようって言ったあのB級の坊主と何も変わんねえ」

「……そんなことないだろ。あのときのお前は、勇敢だったと思うぞ」

「へへ、ありがとよ。でも、本当はあの依頼が終わったら冒険者を引退しようって思ってたんだぜ？」

「は？　じゃあ、なんでまだやってんだよ」

それに、そんな素振り全然なかったけど。

「まあ聞けって、続きがあんだよ。あの化け物が出たあと【攻】の勇者様ですら身動きできなくて、もう無理だってとき――ジレイは、立ったよな」

「……ああ」

「んで、んでだ。ジレイは、ありえねえほど強かった。あの化け物を手のひらの上で転がすみてえに翻弄してよ。最終的には……キズ一つなく、勝っちまった」

ウェッドは興奮したように身振り手振りで大げさに表現し、話し続ける。

「俺はそれを見て思ったんだ。『ああ、かっけえなぁ』って。英雄みてーなジレイがかっこよくて、俺もなりてえなって思ったんだよ」

ウェッドは「まあ、もちろんなれるわけねえんだけどさ」と笑った。

「俺も歳《とし》だ。もう冒険者なんていつ死ぬか分からん仕事やってられる年齢じゃねえ。……でも、あのジレイを見て、年甲斐《としがい》もなく熱い想《おも》いが蘇《よみがえ》っちまった。まだ冒険者を始めたばっかのときの、『まだ見たことのない世界を旅してみたい』って夢がよ。いい歳して何やってんだって話だけどな？」

「……やりたいことに年齢は関係ないだろ」

「おうおう！　んだよ良いこというなぁ！　やっぱりジレイはかっけえな！」

ウェッドはガハハと笑いながら、暑苦しく肩を組んでくる。

その顔は本当に楽しそうに笑みを浮かべていて、俺に対して何の疑いもない様子で、注文した冷えたエールをジョッキで豪快に飲み干していた。酒飲んでんじゃねえか！　と思ったがノンアルコールのやつだった。

「…………俺は、お前が考えてるような人間じゃねえよ」

「ん？　いま何か言ったか？」

俺は「いや、何も」と答えながら立ち上がり、本来の目的である依頼を受けるべく依頼掲示板へと向かう。

……本当、なんで俺の周りはこう勘違いするやつらばかりなのか。俺はそんないいやつじゃないっていってるだろ。

「あとジレイ！　噂《うわさ》なんだけどよ、近いうちにこの街に勇者様たちが集まるらしいぞ」

「へえ？　ああ、道理で……」

確かに、【才】の勇者であるルーカスがいたのもそれが理由かもしれない。なんでこんな所にいるんだとは思ってたんだよな。

「なんか人を探してるとかなんとか聞いたが……詳しくは分からん。俺はちげえけど、ジレイも勇者パーティーに雇って貰いたいなら――って、ジレイはもう入ってるか」

「入ってたら泥団子ぶつけられることもなかったな」

他の勇者か。そういや前に【硬】の勇者ロードに聞いたときに他の勇者がうんぬんとか言ってたような……？

まあ、勇者なんてD級の俺には関係ないはずだ。そういうのはレティだけで間に合ってるし。うん、関係ない。ないったらない。

…………ないよな？

三章　赤髪の勇者

リヴルヒイロには三つの〝大迷宮〟と呼ばれる迷宮《ダンジョン》が存在する。

不死者しか出てこない城【不死者たちの城塞】。

気持ち悪いオブジェが満載の陰気な神殿【ゲルムード邪神殿】。

そして、いま俺たちがいるここ【霊樹の庭】。

〝迷宮《ダンジョン》〟には創造主が存在し、場合によってそれは人だったり魔物だったり、はたまた生き物ですらなく何かの思念だったりする。

迷宮《ダンジョン》の形態、広さは様々で、一般的な洞穴のような小さなものや、街一つほどの広さの平原や森もある。俺は行ったことないけど、中には広大な空に浮遊する島の形態をしている迷宮《ダンジョン》もあるらしい。

基本的には、創造主を見つけ出して何らかの形で消滅させれば迷宮《ダンジョン》は消える。

……が、大迷宮と呼ばれる迷宮《ダンジョン》は違う。いや厳密に言えば消えるっちゃ消えるのだが。

というのも、大迷宮はいくつもの迷宮《ダンジョン》の集合体なのだ。

各迷宮《ダンジョン》の創造主を消滅させてもまたすぐに新しい迷宮《ダンジョン》が生まれてしまうせいで、大迷宮が消えることはない。同時にすべてを消滅させれば可能かもしれないけど、それは理論上の話で現実的には不可能に近い。

加えて、迷宮《ダンジョン》内部に出現する魔物や動植物などの生態系から採れる素材は国の発展に役立つモノが多く、緊急性がない場合は迷宮《ダンジョン》を消滅させること自体が禁じられている国もある。

ちなみに、同じリヴルヒイロにある【試練の谷】は大迷宮ではない。名前も迷宮《ダンジョン》の規模も大きいからよく勘違いされるが、あれは人の怨嗟《えんさ》が一つの集合体となって生まれた迷宮《ダンジョン》だ。生まれた経緯としては過去、その谷に多くの罪人が投げ捨てられた影響で、思念が積み重なって迷宮《ダンジョン》になったんだとか。

あとなんで俺がこんなに詳しいのかというと、どの迷宮《ダンジョン》も過去に挑戦したからだ。

特に【試練の谷】はヤバかった……不快度で言ったら【不死者たちの城塞】も【ゲルムード邪神殿】もなかなかに陰気でキモかったが、【試練の谷】は迷宮《ダンジョン》の性質上、精神に直接攻撃してくるもんだから何度も発狂しそうになった。まあ一カ月も経《た》った頃には普通に慣れたけど。おかげでいい精神修行になりましたわ。

……ああ、それとそういえば――ちょうどあのくらいの時期にレティと出会ったんだっけな。

と、まあそんな感じで長々と講釈を垂れたが。

「つまり、あまり単独行動はするなよと俺は言いたい」

俺は目の前に座り、黙って聞いていたレティたちに念を押すように言い聞かせた。

レティたちは「分かった！」と頷き了承。分かっているのか不明だが返事だけはいい。

なんで俺がわざわざこんなことを言ったのかというと、リヴルヒイロも例に漏れず、迷宮《ダンジョン》を消滅させることを禁じている国だからだ。

国から直々に消滅依頼があったとき以外、手を出すことはNG。迷宮《ダンジョン》の大小にもよるが、もし誤って消滅させてしまったとしたら最低でも罰金十億リエン。もしくは懲役数十年。

なので、単独行動をして絶対に過ちが起こらないよう、こうして言い聞かせているのである。特にレティは。特にレティは。

まあ……といっても他の迷宮《ダンジョン》ならまだしも、大迷宮での名前もない小さな迷宮《ダンジョン》を消滅させたところで実際はお咎《とが》めなしなのだけども。名前付きの迷宮《ダンジョン》はそもそも簡単に消滅できるものじゃないし。でもまあ念のためだ。レティならやりかねないのが怖い。

「今回の目的は《霊草》の採取だけだ。だからあんまり目移りしないように……って言ってるそばから離れようとするな戻ってこい！」

ギルドで受け取った依頼書を確認しながら、近くを横切った【五角鹿】に目を奪われて追い掛けようとするレティの首根っこを摑《つか》む。数秒前に言ったこと忘れんな。

もうやだ胃が痛い。迷宮《ダンジョン》に行ったことがないって聞いたときは不安しかなかったけど的中した。

　そもそもメンバー構成からして不安しかなかったんだけど。能力的な問題ではなく性格的な問題で。つか能力だけなら過剰すぎるだろこのパーティー、俺たちは一体何と戦うつもりなんだよ。

「帰りたい……」

　奔放なレティがどこかへ行かないように手を繋《つな》ぎ、すると正反対の俺の手を握ろうとしたラフィネとイヴが争いだし、先行きが不安すぎてため息が出た。

　頭を抱え込みたくなるのを抑えて再度、依頼書に目を通す。

【大迷宮〝霊樹の庭〟での霊草採取】
受注資格：霊樹の庭への入場資格を持つ冒険者
報酬：霊草一本につき百万リエン
依頼人：ルドルス商会

　今回の依頼は《霊草》と呼ばれる草の採取。

　受注資格は、まあぶっちゃけ資格なんて持ってなかったんだがそこはアルディに連絡したらOKになった。今度から何かいちゃもんを付けられたらアルディの名前を出すことに決めた。

俺がこの依頼に決めた理由は、なんといってもこの報酬。

魔法薬《ポーション》の一種である《霊魂酒》の材料、《霊草》が一本につき百万リエン。

つまり、十本採取するだけで一千万。百本採取しちゃえば一億。ただの薬草が一本で百リエンなのに比べてなんと一万倍。俺のやる気も一万倍。頑張るぞオラァ！

しかし、報酬の高さに比例して難易度も当たり前のように高い。

そもそも《霊草》はこの大陸に群生しているものではなく、他大陸であるベスティア大陸の秘境に群生していると言われている貴重な薬草だ。

採取方法、群生地帯、形、匂い……その全てが謎に包まれている。誰かが情報規制でもしているのか、一切の情報が知れ渡っていない。

ギルドの情報によるとこの【霊樹の庭】に群生しているらしいのだが……それ以外の情報はまったくなかったので本当にあるのかは分からない。

……が、リヴルヒイロのある商会から《霊魂酒》が他国へ高額で輸出されている事実を見るに情報の確度は高い。おそらくだがその商会が情報を独占しているのだろう。

《霊魂酒》は、名の通り人の〝霊魂〟に害を与える【霊病】に効果を発揮する。

【霊病】は肉体ではなく魂を衰弱させ、発症からわずか数年、早ければ数ヶ月で死に至る。

原因はまったく不明。

蝕《むしば》まれるように段々と衰弱していくことから〝呪い〟の一種なんじゃないかとも言われている。《回復魔法》で治らず、神官の奇跡で治すことができるのも呪いとまったく同じだ。が、確証には至っていない。

本来ならすぐにでも対処しなければならない脅威的な病。

しかし、発症するのは決まって十五歳以下の子供で、なおかつ虚弱体質で身体《からだ》が弱い人物がかかる傾向があるらしく、おまけに発症事例が極端に少ないせいもあり、放置されているのが現状になっている。

なので、《霊魂酒》は本来の用途で使われることはほぼなく、高級酒として貴族の間で親しまれていることがほとんどだ。材料である霊草の副次効果で頭がぽわぽわして気分がよくなるので酒との親和性が非常に高いらしい。俺は飲まないからよくは知らないが。

まあ貴族の娯楽とかそんなんはどうだっていい。

それより大事なのはここに群生しているのかどうかということである。

「ラ――」

「はい！　なんなりとお申し付けください！」

秒で答え、顔を輝かせるラフィネ。まだ何もいってないよ？

見つけることすら困難な《霊草》。だがもちろん、俺には勝算があった。

「《千里眼》をお願いできるか？　この図鑑に載ってる薬草を対象外に設定して、それ以外を見つけられるようにな」

「載ってる薬草以外を、ですか？」

「ああ、そうすれば必然的に図鑑に載ってない薬草の場所が分かる。その中に霊草もあるはずだ。頼めるか？」

「分かりました！　お任せを！」

ラフィネは頼られて嬉《うれ》しいのか、張り切って千里眼の準備を始めた。

そう、俺の勝算とはつまりこれである。

《探知魔法》の最上位である《千里眼》を使えば大抵の捜し物は見つかる。

ならもうそこからは余裕だ。見つかった霊草を千本くらい箱詰めしてギルドに出せば俺は億万長者。最高すぎィ！

薔薇《ばら》色《いろ》の未来を妄想していると、イヴが小さな声で話しかけてきた。

「別に自分でやればいいのに。レイも《千里眼》使えたでしょ」

「いや、まあそうなんだけど。事情があってな」

「？」

俺だって自分でできるなら頼りたくない。俺は誰かに借りを作るのが嫌いな男。極力自分のことは自分でなんとかしたい。

が、今回に至ってはそれはできなかった。

「よく分からんが、俺の《千里眼》だと対象が人物限定らしいんだよ」

発覚したのはつい数日前。街の屋台で昼飯を買って、ポケットに入れていたお釣りの小銭をどこかに落としたと気付いたときのこと。

すぐさま、俺は《千里眼》を行使して捜そうとした。が、なぜか行使すらできずに魔力が霧散する結果。

んで、調べてみるに俺の《千里眼》はどうやら人物限定だと分かったのだ。

俺は落胆した。ひたすら落胆した。じゃあ落とし物しても分かんねえじゃんクソ！　と。

が、考えてみればもともとラフィネのを見て覚えただけだし、なんで使えるのかも分からなかったからすぐに気を取り直した。理論とかそう言うの全部知らんのに使える方がおかしかった。

まあそういう事情で今回は俺にはできない。のでラフィネを頼っているということだ。

……ううむ、でも報酬のお金は何に使おう。報酬の分配は功労者であるラフィネが七くらいで護衛の俺たちが三くらいでいいかな？　それでもかなりの金だ……少しお高めの魔導具とか買っちゃう？　やべ楽しいわ。うへへ。

何事もなく依頼完了……と、考えていたのだが。

膨大な魔力を展開して集中していたラフィネが中断して。

「…………ご、ごめんなさい。見つからないです……」

と、泣きそうな顔で謝ってきた。マジか。

そうか、見つからないか。そっかー、まあそういうこともあるよな。

となると、ここにはない？　いや、もしかしたら特定の条件を満たさないと見つからない可能性もありえる。それが分かっただけでも意味があったよ、うん。だからさ、そんなに落ち込まなくていいよ。「死にます」みたいな顔しないでいいからほんとに。

「死にます」

「大丈夫大丈夫、全然大丈夫だから本当に。ありがとなうん」

期待に応えられなかったからか、うつろな目になるラフィネを褒めちぎる。

完全に当てが外れてしまった。がしかし、俺はこの事態も想定していた。

「なら……あんま気は進まないけど、〝妖精〟に聞くか」

俺はもう一つのプランをラフィネたちに説明した。正直やりたくないけどしょうがない。

俺の理論はこうだ。現地のことは勝手知ったる現地の者に聞けばいい。

ここ【霊樹の庭】には手のひらほどの小さい人の姿をした妖精――〝小人種〟が存在している。

姿形は様々だが、特に多いのは背中のきらきらした羽で飛ぶことができる種。楽しげに宙を舞い遊んでいる姿は元気な子供そのもの。

性格も子供……というよりクソガキの個体が多く、ほとんどが楽しいことが好きで遊び好き。イタズラっ子のような性格をしている。

基本的に人前に姿を現さないくせに、人にイタズラをして困らせるのが大好きで、旅人の備蓄の食料を盗んだり、泥を投げてぶつけたりして遊んでいる。俺も何回かされた。キレそうになった。というかキレた。

年齢の概念はなく、はるか昔の伝承に残る時代から生きている種ということもあり、彼ら彼女らの知識はかなり貴重なモノが多い。「妖精に助けられたお陰で九死に一生を得た」という話もあることから、根は悪い種ではないのだろう。俺はムカつくけど。

過去の因縁を思い出して怒りが再燃していると、イヴが言った。

「じゃあまかせて、ここはわたしの出番」

ふんす、と若干ドヤ顔で胸を張るイヴ。

確かに、精霊と契約していて超常的な存在との親和性が高いイヴがここでは適役かもしれない。本人も意気込み十分だし。

イヴに任せることに決めて、俺たちは妖精がいることが多い場所を探して移動する。

見渡す限り広がる湖に到着。空気中の魔力も濃いし、ここならいる可能性が高いだろう。

イヴだけを湖のほとりに向かわせ、俺たちは草場の影で見守る。

こちらに顔を向けてサムズアップするイヴ。自信満々だ。

そして、湖に向き直り口を開いた。

「わた」

べちゃあ。

泥の塊が飛んできた。

イヴの顔面に。ストレートで。

「……………」

「そ、そういうこともあるって！　だからその、それ仕舞ってくれ」

無言で《水命鎌》を展開して湖に向かって振り上げ始めたイヴを必死に止める。わずかに頬を膨らませ、プルプル震えながら涙目になっていた。気持ちは分かる。マジで分かるから。

親和性の高いイヴでこの拒絶。もはや諦めるしかないのか……？

と、思っていたら。

「ししょー」

「ん？　なんだレティ」

「わたしたちが怖いんだって！」

「え？」

黙って湖を見つめていたレティがそんなことを言ってきた。

「え、分かるのか？」

「ああ！　見えないし何いってるかもわからないけど怖いみたいだ！」

「⁉」

よく分からないが、レティには何かが分かるらしい。レティが嘘《うそ》を言うとは思えないし……でも声も聞こえないし姿も見えないのにどうやって分かったんだ？　勇者なら妖精の感情が理解できるとか？

……まあいいか。たぶん勇者にはそういう何かがあるんだろう。勇者は色々加護を持ってるし。その一つなんだろたぶん。

取りあえず怯《おび》えていると分かった。なら――

「なにか楽しいことをすれば出てくるかもだが……」

「……楽しいこと？」

「敵意がないって知らせるためにな。妖精は人の感情を読むらしいし」

神出鬼没な妖精だが、純粋な子供の前に姿を現して一緒に遊ぶこともあるらしい。であれば、俺たちに敵意がないことを知らせれば出てきてくれるかもしれない。

だが、本人たちが本当に楽しいと思っていなければ無理だ。作り笑いは通用しない。

「うーん……ゲームでもするか？　〝とらんぷ〟ならあるけど」

「！　では、私に名案があります！」

「名案？　どんな――っておい⁉」

そばにすすすと近寄ってきたラフィネの頭を押さえる。え、近いんですけど。

「楽しいことをすればいいんですよね？　ならジレイ様に密着すればわたしは幸せですし楽しいので妖精さんも出てきてくれるかと！」

「なるほど。つまりこれは合法。やましい気持ちはない」

「わたしも！　わたしもししょーにくっつくぞ！」

「俺は楽しくないいんだけど？」

抗議もむなしく、強引に左右の腕をラフィネとイヴ。背中はレティにしがみつかれて囲まれた。……ちょ、匂いを嗅ぐな腹をさわさわするな！　や……やめ、ヤメテェ！

「ししょー！」

背後から聞こえるレティの声。

「楽しいな！」

レティはしがみつく力をぎゅっと強める。俺には顔は見えないがおそらく、屈託のない笑みを浮かべていることだろう。

「……俺は楽しくねーよ」

レティの声を聞いて、なぜだか少し柔らかな口調で答えてしまう。楽しくないと思っているはずなのに、レティが純粋に楽しそうにしている様子を見ていると……つられて俺も少しだけ笑ってしまった。

すると、この作戦が功をなしたのか、どこからともなく宙に三つの小さな光が発生した。妖精がやってきたようだ。

ふよふよと浮遊する小さな光は徐々に形を変え、羽の生えた小さな人間の姿を形成する。

妖精たちは本来の姿になって――

『わーみてみて。あの濁ってる目の人、あんなに女の子を連れてるよ。すっごーい』

『しーっ！　声に出しちゃだめ。きっと、これからもっとすごいことをするのよ。声に出せないすごーいこと。だから邪魔しないようにしなくちゃ』

『にごりめ、はーれむ、くず。にごりめ、はーれむ、くず』

よし、とりあえず捕まえるか。

◇

「悪魔？」

怯えていた事情を聞き、俺は思わず素っ頓狂な声を上げた。

「そうなのよ。少し前にこの湖に〝悪魔〟が逃げ込んできたの。それで、いつ目覚めるか分からなくてみんなビクビクしてるのね」

「ねー、迷惑な話だよー。様子を見に行った子もずっと帰ってこないしー」

「たべられた、あくま、こわい」

少し大きめの透明な瓶の中に詰められた妖精たちは、その小さな身体《からだ》を使ってパタパタと大げさな身振り手振りでそう伝えた。

話をまとめるとこうだ。

数年前、手負いの悪魔がこの湖の中に逃げ込んでしまい、奥深くに〝迷宮《ダンジョン》〟を作ってしまったらしい。

すぐに追い出そうとするも、主であるその悪魔のところまではたどり着けず、偵察に行った妖精たちも主から生まれた眷属《けんぞく》の悪魔たちに食べられてしまい、どうしようもなく放置していたんだとか。

で、ここ数年は何事もなかったのに数日前から湖の中の魔力の動きが怪しく、その悪魔が目覚めてしまいそうで怯えていた、と語ってくれた。

「悪魔……」

イヴが苦々しい表情を浮かべる。

思うところがあるのだろう。思い出したくもない、自分が呼ばれていた名称ならば尚更《なおさら》だ。

〝悪魔〟。

一言で表すなら、異形の化け物。

人の邪念から生まれるとされる悪魔は総じて残虐性が高く、戦闘能力も高い。おまけに高度な知能を備えていて、人間が使う道具を理解して使える個体もいる。魔から生まれる魔物、魔族とは根本的に違って、悪魔は人に害しか及ぼさない。だから生まれたと分かれば即討伐が基本。放っておいたら人の欲望や魔力を吸って更に強大化してしまうからだ。

中にはそんな悪魔を利用しようと、人の言語を喋《しゃべ》り憑依《ひょうい》者に力を貸すことができる悪魔に対して、契約を持ちかける者もいる。が、その誰もが迎えるのは身の破滅だけ。精霊との契約と違って悪魔からの一方的な契約になるにもかかわらず、その甘言にのってしまう者はあとを絶たない。

俺も昔、ある事情で契約しようと思った過去……というより黒歴史がある。十三才の当時、あまり悪魔のことを知らず、普通に契約しようと思っていた俺は悪魔を召喚した。いま考えればかなりヤバいことをしていた。だが、現れた悪魔があまりにも腹が立つやつだった。ので、ムカついたので契約せず、俺から無理矢理に一方的な使役を行って右腕に宿したのだ。

そもそもまあ……契約したかった理由も、悪魔が宿っている部位には赤黒い紋様が浮き出てきて、それを隠すように包帯を巻くのがかっこいいと思っただけで、それ以上の理由は一切なかった。後悔しかしていない。

　加えて、悪魔が頭の中で叫んだり暴れようとするもんだから、何もないところで突然腕を押さえたり、

『ああ、お前もそう思うか。……いや気にするな。俺の中の《深淵《アビス》》が語りかけてくるだけだ――』

　とかなんとか言ってしまっていたし。ああああ黒歴史。

　思春期特有の病が完治してからは悪魔を完全焼却し葬り去ったとはいえ、俺の心に残った傷が癒えることはない。きっとこの先も思い出すのだろう。その度にベッドでジタバタするのだろう。嫌だね、死にたくなってきちゃう。

「分かった。俺たちがその悪魔を討伐してこよう」

　思い出したらムカついてきた。もはやその悪魔に八つ当たりしたいまである。いや完全に自分のせいなんだけど。何かのせいにしないと俺の精神の安寧が。

　俺の言葉に、妖精たちは「ほんとなのよ!?」「やった～」「いいやつ」と喜ぶ。

「その代わり、討伐できたら霊草についての情報を教えて欲しい。それが条件だ」

「もちろんなのよ！　何でも教えてあげるの！」

　ちゃっかりと本来の目的も済ませてから、俺たちは妖精と別れ、準備を始めた。

「でもまさか、この中に悪魔がいるとは思えませんね……」

ラフィネは透き通った美しい湖の縁にしゃがみ、手でちょいちょいと水を触る。

「確かに言われなきゃ分からないよな……っと、これでいい」

「えっ？　もう終わったんですか？」

「ああ、湖内部の《探知》は終わった。迷宮《ダンジョン》みたいな洞穴があったから覗《のぞ》いてみたら雑魚悪魔がうじゃうじゃいたぞ。もう全部倒したけど」

「……聞き間違い？　倒したって」

「ん？　いやそのままの意味だ」

目を細めてじっと見てくるイヴに答える。

もう既に、遠隔で魔法を操作して主を守る雑魚悪魔はすべて消滅済み。あとは主である悪魔を見つけ出して倒せばいい。

「ほんと、おかしい」

イヴにため息をつかれる。ラフィネも少し苦笑いといった反応。

レティは「ししょーすごい！」といつも通りだった。

まあ、いつもなら突入前にわざわざ倒すとかしない。遠隔で魔法操作とかめっちゃ疲れるからな。今回は念のため倒しておいただけだ。

水の中でも濡《ぬ》れず、呼吸もできる魔導具を各自に渡す。

イヤリングの形をしているのでおしゃれにも使えるやつだ。一度しか使えないからやると言ったらラフィネとイヴがすごく喜んでいた。一生大事にするってしなくていいから。使い捨てのやつだから。

各自、装着したのを見届けたあと。

「じゃあ行くか」

俺たちは湖の中に足を踏み入れた。

◇

数十分後。

「……ここ？」

俺たちは何事もなく順調に進み、主である悪魔がいると思われる洞窟に到着した。

「たぶんな。雑魚悪魔が守ってたように見えたから、中にいる可能性が高い」

「ですが……それらしい反応はないみたいです」

ラフィネが《探知》を使って内部を探索するも、手応えはなし。

「おそらく何かしらのヒントがあるはずだ。悪魔は物体に隠れることもあるし、どこかに隠れてるのかもしれないな……ラフィネ、《千里眼》を頼む」

ラフィネは「お任せ下さい！」と《千里眼》を行使しようと魔力を展開し始めた。

少しして、反応があったのか《千里眼》を中断して。

「ありました。こっちです！」

案内されて歩くこと数分。狭い洞窟を抜け、広場のような空間に辿《たど》り着いた。

「あれ、だと思います」

ラフィネが指し示したのは、広場の奥側に鎮座するように置かれた祭壇のような物体。

魔力の反応はないが、ほぼ間違いなくこれが関係していると見てよさそうだ。なぜなら、まるで封印されているかのように小さな剣が祭壇の中心にぶっ刺さっていたからである。

「魔力を飛ばしても反応はなし……触ったら作動するタイプのやつか」

広場に入ってきた時に攻撃されることもなかった。触ったら何かしらの反応があるタイプと見て間違いない。召喚か転移か……まあ触ってみないことには始まらないか。

俺は祭壇に近づき、小剣に手が触れるほどの距離で足を止める。

振り返り、確認の意思をこめてラフィネたちに目を向ける。コクリと頷《うなず》いてくれた。

……というか気付いたんだけど、さっきからレティが異様に静かだな。俺のイメージではレティが勝手に行動してうるさく騒いでわがまま言って、依頼が進まないと思ってたんだが……意外にもほぼ発言せず、一歩引いたところで大人しくしていた。

不思議に思ってレティに目を向けてみると、ぱちりと目があってしまった。レティはかわいらしくにぱーっと笑う。元気がないわけじゃなさそうだ。

……まあいいか、体調が悪いとかじゃないならそれで。

「触るぞ」

小剣に手を伸ばす。ラフィネたちが息を呑《の》む音。

触れた瞬間。

小剣から勢いよく、黒い瘴気《しょうき》が止《とど》まることなく漏れ出た。一気に視界が黒の霧で覆われる。

「大丈夫だ。これ自体に害はない」

警戒して身を固めたラフィネたちを安心させる。

この瘴気には問題はない……が。

黒で染まった視界が、徐々に晴れていく。

「転移型？　いや、これは――」

晴れた視界に映る、一転した光景を見て、俺は冷静に思考する。

転移型だと一瞬思ったが……違う。

隠れているであろう悪魔は姿を現さないし、転移型だとしたらこの光景はありえない。

整備された街道。

レンガ造りの建物が立ち並ぶ街並み。

そして、街道を歩いている人々の姿。

間違いない、おそらくこの空間は。

「ここ、もしかして……」

イヴも気付いたようだ。イヴはここに来たことはないはずだが、今の【一般区域】と街並みが似ていることから理解したのだろう。

ここは――過去。正確には、過去の映像の中。

そう判断したのは他でもない。

目の前のこの光景は数年前、リヴルヒイロに現れた悪魔によって消滅した――

今では【復興区域】になっている場所だったからだ。

◇

何があっても対応できるように、魔力を全身に纏《まと》って神経を張り巡らせる。

悪魔の反応は――ない。

様子を見ているのか？　それなら何の意図があって俺たちにこの光景を見せている？

「……」

無言で辺りを見渡す。

街道を闊歩《かっぽ》する人々は俺たちが見えていないように通り過ぎていく。

「ここはいったい……？」

ラフィネは周りの人の反応が一切ないことに目を瞬かせていた。転移だと思ったのだろう。

「ここは〝幻想世界〟だ。この光景は現実じゃない」

悪魔が作り出したただの幻像。

加えて、これは過去の映像。俺たちが攻撃されることもなければ、干渉することもできない。過去の焼き直しを見せられているだけだ。

一種の《異界》でもある〝幻想世界〟は、主である術者を倒さない限りは抜け出すことができない。俺が触ったあの小剣が対象を引きずり込む引き金だった。

だが……その意図が不明だ。

攻撃するならとっくにしているし、精神的な苦痛を与えたいのならこんな街の一風景を見せることなく、もっと惨烈なものを映せばいい。何がしたいのかが分からない。

……ともあれ、悪魔の意図は分からないがここから抜け出すのが先決。危害を加えてくることもないようだし、さっさと脱出させて貰《もら》おう。

〝幻想世界〟は《異界》と同様に、何かしらの歪《ゆが》みがある。それを見つければいい。

「違う、違う……あれも違うか」

注意深く辺りに目を凝らす。

手を繋《つな》いで歩いている親子。

ジョッキ片手に客が笑い合っている活況な酒場。

武具屋に飾られた剣をショーウィンドウ越しに眺める少年……。

どれも、特に変わった様子はなかった。

「ふー……よし」

一つ深呼吸。息を整え、よりいっそう集中する。

初見でこの魔法を喰《く》らうと陥りがちだが、〝幻想世界〟は焦って歪みを探し回っても意味がない。

それよりも落ち着いて冷静に、最初に見た光景から動かずに探すのが大切だ。最初に見せてきたということは何かしらのヒントが隠されていることが多い。

青々とした晴天。ガヤガヤと騒がしい街道。平和に過ごしている人々……。

「！……行くぞ」

俺はそれだけ言って、返答を待たずに歩き出した。

ラフィネたちは無言で頷き、俺たちはその、わずかな歪みを持つ人物を追い掛ける。

たった今、八百屋の前を横切り、売っていた果実を手に取って勢いよく走り出した。

帽子を目深に被《かぶ》って顔を隠している――

〝赤髪〟の少年を。

そのままついていくと、賑《にぎ》やかな街の中から出て、国の外壁に辿り着いた。

少年は外壁に沿うように薄暗く狭い裏路地を通り、やがて外壁が崩れている部分を抜けて、生い茂った森の中へと入っていく。

荒れ果てた獣道を慣れた足取りで数分歩き、開けた場所に出て足を止めた。

とても人が生活できるとは思えない、ツタまみれのボロボロの納屋。すぐそばには水汲《みずく》み用の桶《おけ》と木刀、その他の日用品が置いてあり、それがかろうじて生活感を抱かせる。

『……よし』

少年は突然、両手で頬を叩《たた》いて顔を引き締めて、その納屋の中に入る。

俺たちも少年に続く。

少年にこちらの姿は見えていない。

だが、どこか後ろめたくて、そろりそろりとゆっくりお邪魔した。

「ジレイ様、もしかしてこの方は――」

「……ああ。そうだろうな」

この少年が誰なのかはすぐに分かった。

綺麗《きれい》に整った顔立ち。帽子から覗く赤髪。今現在の面影も残っているし、間違いない。

『〝ヘンリー〟、朝食を買ってきた。食べよう』

少年は被っていた帽子を脱ぐと、持っていた布の袋の中から黒く固そうなパンと果実を取り出し、粗末なテーブルの上に置く。

『うん。ありがとう、兄さん』

手作りと思われる木製の簡素なベッド。

そこに横になっていた人物は、起き上がろうとして……しかし、唐突に胸を押さえてゴホゴホと辛《つら》そうに咳《せき》をする。

『……すまない。そのままでいい、寝ていろ』

毛で覆われた獣の耳。赤髪、獣耳……少年と同じ特徴を持っていて、よく似た顔立ち。だが鋭い印象を受ける少年とは違って、優しげで穏やかな顔立ちのヘンリーと呼ばれた少年。

『ごめん……』

『謝るな、と言っているだろう。これくらい気にするな』

病的なまでに肌が白く、不健康に見える少年――ヘンリーに、手に持ったパンをちぎり、食べやすい大きさにして口元まで持っていく。

『でも、僕がいなければ兄さんは――』

『止《や》めろ』

『だけど……』

『二度と言うな。俺がお前を見捨てることは絶対にない。もし見捨てるのであれば、運良く奴隷の首輪が壊れて逃げ出せたとき、足の遅いお前を担いだりなんかしない。……それよりほら、食べろ』

少年はヘンリーの口にパンを運んでいく。

『大丈夫だ、俺がなんとかする。〝エーデルフ騎士団〟だって俺たちを捜してるはずだ。きっと、すぐに帰れるさ。そうすればお前のその〝霊病〟も治せる』

『……うん。だけど、無理はしないでね。このパンも買うのに大変だったんじゃ……？』

『無理などしていない。これだって働いて買ったんだ』

『でも、半獣人の僕たちを雇ってくれるなんて』

『人間も悪いやつらばかりじゃない。いいやつらだっているさ。半獣人の俺を雇ってお金をくれて、パンを売ってくれる人がいてもおかしくない。兄である俺の言葉が信用できないのか？』

『……うん。……ごめん』

『謝るな、と言っているだろ』

少年は果実の皮をナイフで剝《む》いて食べさせる。

『ゴホッ……あれ、兄さんは食べないの？』

『俺はもう済ませた。それはお前が食べていい』

『そっかー……』

『仕事先の人が賄いをくれるんだ。こんなものよりもっといい食事をな。いいだろう？』

『えー、いいなあ。ずるいよ兄さん』

『なら早く治すことだな。出歩けるようになれば、俺がご馳走《ちそう》してやろう』

『ほんと！　やったあ。約束だよ！』

『ああ。だから早く食べて、よく寝ろ』

ヘンリーは顔を輝かせる。純粋に疑いもない瞳で少年を見上げていた。

……おそらく、少年は嘘《うそ》をついている。

仕事で十分な金を貰っているのであれば、わざわざ果実を盗んだりなんかしないし、もっとまともな場所に引っ越している。

このパンも盗んだものなのだろう。

仕事だって、雇って貰えていないはずだ。


『――にいさん……いっしょに……きしに――』

『ああ。一緒に、騎士になるぞ』

目を閉じて寝言を漏らすヘンリーの髪を優しく撫《な》でたあと、少年は立ち上がり納屋から出る。

外に置いてあった木刀を拾い、粗末な上着を脱いで上半身を晒《さら》し、納屋から少し離れたところで素振りを始めた。

『このままじゃ駄目だ。俺がなんとかしないと――』

少年は木刀を振り続ける。一心不乱に前だけを見据えて。

晒された上半身は無駄がなく引き締まっていて、過酷な鍛錬を繰り返したことが一目で理解できる。木刀は何度も振っているからか握り手の部分がすり減っていて、握る少年の手はマメだらけになっていた。

剣の才能は――間違いなく、ある。

素振りの動作、一挙一動が洗練されている。

これで才能がないと言うやつがいたら見る目がなさ過ぎる。身体《からだ》に纏う魔力の量を見るに、魔法の才能もあるだろう。

どの系統の素質があるかまでは分からないが……肉体、精神性、どれをとっても大成する器を持っていると断言できた。

『駄目だ。まだ……足りない。もっと、もっと力がないと……何でもいい、俺にできることなら何でもする。だから俺にもっと、もっと強い、いまを変えられる力を――』

少年は額に浮かぶ汗を拭うこともせず、休むことなくただ木刀を振り続ける。

――だからだろうか。

周りを見ず一心不乱に鍛錬する少年は、異変に気付いていなかった。

「！　あれは――」

俺はそれを見て、息を呑《の》む。

少年の背中には――〝聖印〟によく似た大きなアザが、白く光り輝いていた。

◇

『ヘンリー！　朗報だ！　俺が〝勇者〟に選ばれたらしい！』

映像が切り替わり、少年が興奮した様子でヘンリーに話しかけている場面が映る。

『ほんと!?　兄さんが……すごい！』

『ああ！　しかも、この国の騎士にもして貰えるそうだ。住むところも用意してくれるし、給金だって貰える！　もうコソコソと隠れる必要はない！』

よほど嬉《うれ》しいのか、少年の興奮は冷めることなく、輝かしい未来を熱弁し続けた。

『もっと金を貯《た》めれば〝霊魂酒〟も買えるだろう！　勇者として頑張れば、神官の奇跡で治して貰える可能性もある！　俺がもっと、もっと頑張って――』

『やっぱり、兄さんはすごいや……僕も頑張らなきゃ』

『バカいえ、お前が頑張るのは治ってからだ。騎士の鍛錬は辛いからな。へこたれないかだけが心配だぞ』

『はは……うん、そうだね。大丈夫かなぁ』

『大丈夫に決まっている。ヘンリーは俺の弟なんだからな』

『期待が重いよ兄さん……』

二人は明るく笑い合う。

いつも気を張った顔をしていた少年ですら、本当に嬉しいのか声を上げて純粋に笑っていた。その様子は不安から解放され、安堵《あんど》しているようにも見えた。

『おっと……忘れていた。これから騎士団に入団する段取りを聞きに行くんだ。数刻後には戻る。今日中に街に引っ越すからな』

『……うん！　頑張ってね』

少年は『ああ！』と元気に返事をして、足取り軽く納屋から退出する。

……未来の展望を明るく語る少年は、思ってもいなかったのかもしれない。

『うっ!?　ゴホッ…………ぁぐ……』

兄の足音が遠ざかった瞬間、ヘンリーは胸を押さえて苦しみだす。

血の混じった痰《たん》を吐き出し、苦痛に耐えるように胸を掻《か》きむしる。

その姿は、決して兄には見せない姿だった。

『僕も……頑張らなきゃ。兄さんが、頑張れるように、僕も――』

〝霊病〟の中期症状。

耐えがたい痛みが全身を蝕《むしば》み、本来ならば発狂してもおかしくない。

限界に近いはずだ。

霊病は早ければひと月足らずで患者が死ぬ場合が多い。病状が急激に悪化するわけではなく、その内情は痛みに耐えられず、自ら命を絶つことが殆《ほとん》どだ。

兄には心配をかけまいと知らせることなく、一人で病と闘うその姿は……なによりも、強く見えた。

◇

映像にノイズが走り、場面が次々と切り替わる。

『――勇者様、ありがとうございます。これで村は安心です！』

『――感謝いたします、騎士様。我が商会から感謝の印として――』

『――【才】の勇者であり、騎士ルーカス。此度《こたび》の功績を称《たた》え、小隊長への昇格を命ずる』

それは、赤髪の少年が騎士として、勇者として人を助けている姿。

誰もが〝騎士ルーカス〟を賞賛し、感謝の言葉を口にする。だが少年は決して驕《おご》ることなく誠実に、正しくあろうとしていた。

『――ヘンリー、調子はどうだ？　今日は起きて食べられそうか？』

『ごめん……ちょっと難しいや』

『だから謝るな。お前は何も悪くないんだから』

『うん……ごめん』

『謝るな、といっているだろうに』

先ほどまでの天井から雨水が滴り落ちるボロボロの納屋とは違い、一般的な家屋。食事も十分に栄養が取れるものだ。

にもかかわらず、ヘンリーの症状は改善することなく、未《いま》だベッドに寝たきりだった。

『もう一度、国の神官に掛け合ってみたんだが……駄目だった。すまない』

『ううん……しょうがないよ。それより兄さんは食べないの？』

『……ああ、腹が減っていなくてな』

『僕、兄さんが朝食を食べてるところ見たことないよ。ちゃんと食べてるんだよね？』

『食べているから心配するな。それより自分のことを考えろ、俺は大丈夫だ』

『……そっか』

ヘンリーは納得していない顔だったが言い返すことなく、横になったまま食事を口に運ぶ。

「……嘘だな」

俺は周りに目を向ける。

普通の一般的な家屋。あまり物がない、がらんとした部屋。

騎士の給金は年に二百万ほど。小隊長であれば三百万は支給される。ならもう少しいい家に住めるし、多少の贅沢《ぜいたく》だって許されるほどの蓄えはできるはずだ。

この光景を見るにほとんどの金を貯蓄しているのだろう。

最初に見た頃よりも少年たちの姿が成長していることから、少なくとも二年は経《た》っている。

そう考えれば、五百万～六百万リエンほどの〝霊魂酒〟をあと少しで買えるくらいの金額は貯まっていると推測できた。食事すらも切り詰めて、己を犠牲にしながら。

『あと少し、あと少しで金が貯まる。そうすればヘンリーを――』

ヘンリーが寝静まったあと。少年は家屋から離れた広場に足を運び、剣を持ち素振りし始める。

軽い木刀ではなく、騎士団から支給される真剣。

決して軽くはないそれを軽々と振っているその姿と、さらに引き締められた肉体からは、月日が流れても少年が休むことなく、たゆまぬ鍛錬をしていたことは明らかだった。

そんな少年の努力が実ったのか……。

それから、少年の下《もと》に吉報が入ったのは、当然とも言えた。


『――ルーカス小隊長。我が騎士団の騎士、更に勇者として君には期待している。無事、依頼を遂行してくれたまえ』

『はい、お任せ下さい』

場面は切り替わり、騎士団長と思われる男に激励を受けている光景が映った。

士気が高いのか、少年の目はやる気に満ちあふれていて、何があっても期待に応えてみせるという気概がうかがえる。

だが、それだけじゃなかった。

少年にとっては何より――

『ヘンリー、行こう』

『うん、兄さん』

馬車の座席に横になったヘンリーに声をかける。

それと同時に御者が馬を操り、動き出す。

俺は少年が手に持っていた依頼書を見て、なんでこんなにやる気があるのかを理解した。

間違いなく、少年にとってこの依頼は何よりも重要なことだった。

受けたのはある村の護衛依頼。

それだけなら、特に喜ぶこともない。

しかし、この依頼は〝霊草〟が群生しているとされる大迷宮の、近くの村での護衛依頼だった。

依頼内容は〝霊草〟の採取期間、雇い主である貴族の護衛をするというもの。

ということは……上手《うま》くいけば、その貴族から霊魂酒を貰《もら》える可能性がある。それでなくとも少し割安で売って貰えるかもしれない。

少年はそう思っていたに違いない。

だから、立つことも難しくなってしまった弟を連れだして目的の場所へと向かったのだ。

だが――

『……分かりました。では依頼が完了した暁には――』

依頼主に断られてしまい、少年は落胆した。

なんでも、霊魂酒はこの場には持ってきていないという。

それでも、依頼完了後に取り寄せて報奨品として与えると言われ、少年は持ち直す。その代わりとして、本来受け取るはずだった報奨金は消えてしまったようだが。

依頼主の荷車に山のように積み上がった霊草。

まるまると肥え太った貴族の男。

下品に笑っている、採取依頼を受けたであろう冒険者たち。

『…………？』

少年はわずかに疑問を抱いたのか、眉をひそめた。

なぜか――〝霊草〟を採取するためであろう冒険者が、昼頃にもかかわらずまだ出発していない。

加えて、彼ら彼女らは素行も悪かった。

騎士として依頼を受けてやってきた少年たちに対して、軽い調子で下世話に声をかけてくる。少年を含めた騎士団の騎士たちが顔を歪《ゆが》めるのも当然といえた。

が、次の瞬間には騎士、勇者としての顔に切り替え、少年は段取りの説明を聞き始めた。

◇

映像にノイズが走り、場面が切り替わる。

少年は村から少し離れた場所に配置されたようで、襲い来る魔物を特にケガをすることなく、淡々と討伐していた。

『なんだ、この多さは？　それに――』

少年は魔物を見て、疑問を抱く。

そう思ったのも無理はない。

魔物の数が多いのに加え、リヴルヒイロの近くに生息している魔物の中でも血気盛んで凶暴な魔物が多い。想定していた状況と違い、困惑しているようだった。

だが、何よりも少年に疑問を抱かせたのはおそらく――魔物たちが、村に吸い寄せられるかのように少年を無視して侵入しようとしていたことだろう。

幸い、騎士団から派遣された他の騎士と村の《結界》のおかげで防げてはいるようだが、いつ崩壊してもおかしくなかった。少年の近くに多くの魔物の骸《むくろ》が転がっているのを見るに、少年がいなければ数分と保《も》たず侵入されていただろう。

そのまま夕刻まで少年が奮闘し、魔物の姿がほぼ見えなくなった頃――

『――ゆ、勇者様！』

村民の女性が息を荒げてやってきた。少年は何があったのか耳を傾ける。

そして、告げられた内容を聞いて目を見開いた。

『大変です！　お連れの、弟様の容態が――』

◇

『ヘンリー！　しっかりしろ……ヘンリー!!』

場面が変わり、少年がヘンリーに必死に声をかけている映像が流れる。

『兄さん？　そこにいるの？　ごめん、よく聞こえないや……』

ヘンリーはベッドに横になったまま、兄を探すようにわずかに指を持ち上げて彷徨《さまよ》わせる。もう目を開くことすら困難になり、耳も遠くなっていた。

『お願いします。一騎士として不躾《ぶしつけ》な願いではありますが、一刻も早く霊魂酒を――』

『うむ。だが手元になくてな。国から取り寄せるゆえ、待つがよいぞ』

依頼主の答えに少年は若干安心したように顔を弛緩《しかん》させる。

だが、ヘンリーが一刻を争う事態なのは変わらない。

いま、息が途絶えてもおかしくないのだ。

国から急いで持ってきて貰うにしても、早くて数時間。そのために、少しでも延命させる処置をする必要があった。

『続けてご無礼を申し上げます……〝霊草〟を少量譲っては頂けないでしょうか？』

謝礼はいたします、と少年は続けた。

霊草には一時的にだが霊病の進行をわずかに抑える効果がある。

それを思っての行動だったのだろう。

数刻前にあったあの山盛りの霊草を少しでも使わせて貰えれば、数時間の延命は可能だと。

しかし。

『……それがな。もう、送ってしまったのだ』

『なッ――』

無情な答えが返ってきて、少年は絶句する。

最悪の事態だった。

いまこの瞬間にも、弟の命は消えかけている。それなのに、数時間耐えなければならない。弟はすでに苦痛で荒い息を吐き……もがき苦しんでいるにも、かかわらず。

『くっ……冒険者殿、村の方々――勇者として……騎士としてお願いする！　霊草を探すのを手伝って貰えないだろうか！　どうかお力を貸して頂きたい！』

少年は周りに必死に叫んだ。

騎士としての外聞や勇者としての体裁を放り捨て、頭を下げて助けを乞い願った。

『……分かった、騎士様。任せてくれ』

必死の願いが通じたのか……村の人々、仲間の騎士、そして、〝霊草〟の採取方法を知っている冒険者たちが、少年の力になってくれると言ってくれた。

『感謝する……！』

少年は感謝を示すように頭を下げ続ける。
『ヘンリー、あと少しだけ耐えてくれ』
『……うん』
これで弟は助かるはずだ、と少年は安堵《あんど》の息を吐いた。

◇

視界が切り替わる。
鬱蒼《うっそう》と生い茂る森の中を進む少年の姿が映った。
少年は剣で邪魔な木々を切り落とし、道を切り開いていく。
だが、少年の歩くスピードはとても早いとは言いがたかった。
理由は一目瞭然だ。
『大丈夫だ、すぐに見つかる。すぐに――』
『…………う、ん』
背負ったヘンリーに声をかけ続けながら、少年は止まることなく探し続ける。
『――！　どうだ、見つかったか!?…………分かった。連絡、感謝する』
通信の魔導具を取り、少し話したあとに落胆する少年。

手分けして探すことにしたのだろう。

霊草が群生しているとされる【霊樹の庭】は広い。固まって探すよりも、各自に通信の魔導具を渡して探すことを選んだらしい。

身体《からだ》を動かすことすらできなくなったヘンリーを背負っているのも、採取してから村に戻るのでは遅く、リスクを承知で連れてきたと見える。

もしくは、いまにも息が絶えそうなヘンリーに声をかけ続けるためだったのかもしれない。

『なぜ、見つからない!? 情報は合っているはずだ。冒険者からの連絡も……一体何をしている!?』

苦々しく顔を歪めて、少年は通信機を睨《にら》む。

木々の間から覗《のぞ》く空は暗く、日は既に落ちかけている。このままだと夜行性の魔物、猛獣にも襲われるリスクが高まる。時間は少しも残されていない。

視界が切り替わる。

『ヘンリー。あと、少しだからな。俺が……すぐに見つけてやる』

『…………う……ん』

完全に日が落ち、夜の帳《とばり》が下りた森の中。

少年は諦めることなく、探し続けていた。

左手でヘンリーを支え、右手で剣を振っているせいだろう。極度の疲労で右手が震えている。騎士団の鎧《よろい》は擦りキズだらけになり、少年は荒く息を吐き出していた。

『グッ……邪魔、だッ！』

魔獣に襲いかかられ、弟を守りながら剣で切り捨てる。手に滲《にじ》んだ汗で剣を滑り落とし、拾おうとしてツタに足を取られ、地面に倒れ込む。

その姿は、もはや限界だった。

だが、それでも少年は立ち上がる。

肩で息をしながら。

一歩、また一歩と、足を踏み出す。

少年は周囲に目を凝らして霊草を探し続ける。弟に声をかけ続けながら、自身の身体なんて一切気にすることなく。

そのまま数分ほど経《た》っただろうか。

背中で揺られていたヘンリーが、口を開いた。

『……に、いさん』

『なんだ、ヘンリー』

少年は木々を切り倒しながら返答する。

『ありがと、ね』

『急に、どうした』

『いつも、迷惑かけてる、から……お礼、言わなきゃって……思って』

『迷惑なわけないだろう。気にするな』

『はは……ほんと、兄さんは……すごいや』

『当たり前だ。まあ……実をいうとだ。手のかかる弟だと思ってはいる』

『……ごめん』

『冗談だ』

少年は軽く笑う。

『本当、お前はいつも謝ってばかりだな。騎士として、エーデルフの王子として、心を強く保てと言っているだろう。軽々しく謝るんじゃない』

『う、ごめん』

『謝るな、と言ってるだろ』

あはは、とヘンリーは苦笑して。

『兄さん』

『……なんだ？』

『兄さんは、僕の自慢の兄さん……だよ』
ヘンリーは背負われたまま言葉を発し続ける。
『かっこよくて……いつも僕を助けてくれる。自慢の、兄さん』
『……』
少年は答えず、前だけを向いて探し続けた。
『でも……一番、好きな……兄さんは、違うんだ』
『分かった。もう喋《しゃべ》らなくていい』
少年を無視して、ヘンリーは言葉を吐き出す。
『小さいときのこと……覚え、てる？』
『ああ、お前はいつも泣いていた。父上によく叱られていたな』
『うん。僕は……さ、弱かった、から』
『お前は弱くなんてない。現に、魔法は俺よりも上手《うま》かった』
『ありがと。でも、そうじゃ、ないんだ』
『続きは後で聞く。もう喋るんじゃない』
少年は話を断ち切る。
しかし、ヘンリーは口を閉じることなく。
『むかし、街の女の子が、いじめられてた、とき……兄さんは、助けたよね』

『あの、ときの兄さん……すごく、かっこ……よかったよ。〝俺は騎士になるんだー！〟って、僕たちより、大きい子に立ち向かっ……ちゃうん、だもん』

『喋るなと言っている』

『だけど……僕は、何もできなかった。怖くて、臆病で……見てるだけ、だった』

『ヘンリー！』

少年は怒号を上げる。

ヘンリーは目を閉じたまま、喋り続ける。

『そんな兄さんが……僕の、自慢なんだ。かっこ、よくて……誰かを、助ける兄さんが……僕の、目標なんだ』

弱々しい声で、ヘンリーは言葉を吐き出す。

途切れ途切れに、だが確かに何かを伝えようと、言葉を絞り出していた。

『だから、さ……兄さんは、誰かを――』

言いながら、急に声が途切れた。

『……ヘンリー？』

少年は問いかける。

ここで初めて、少年は一心不乱に探していた手を止めて、ヘンリーの方に顔を向けた。

『喋るな、ヘンリー』

『……おい、何を眠っている。起きるんだ』
ヘンリーを地面に下ろし、少年は声をかけ続ける。しかし目を閉じたまま動かない。
『そうか、驚かそうとしているんだな……俺はもう驚いた。だから早く、起きろ』
少年はヘンリーの身体をわずかに揺する。
すがるように、願うように。
『二人で、騎士になるって言っただろ。おい……おい！　起きろ……起きるんだ‼』
森に響くほど大きな声で少年は声をかけ続ける。
少年は気付いていた。
でも、受け入れていなかった。現実から目を背けて、拒絶していた。
少年の声にヘンリーは応えない。
眠るように目を閉じたヘンリーは……。
もう、息をしていなかった。

◇

場面が切り替わる。
『……』

骸《むくろ》を背負いながら、虚《うつ》ろな眼《め》で村に帰ってきた少年の姿が映る。

『ルーカス小隊長、申し訳ありません……魔物が活性化して、引き上げるしかなく――』

『……いい。しょうがないことだ。お前の判断は正しい』

『勇者様、お力になれず本当に――』

『いや、危険を冒して助力してくれたこと、感謝する』

心苦しい表情で頭を下げる騎士団の仲間と村の人々。少年は感情のない声で感謝を伝える。

責めることなんてできなかったのだろう。

騎士団の仲間も村の人々も、誠心誠意力を貸してくれた。結果が出なかったからといって、声を荒らげて責め立てることなどできるわけがない。

感情に任せて罵詈《ばり》雑言《ぞうごん》をはき散らかさない姿からは、少年の優しさと聡明《そうめい》さが見えた。

『すまない、寝かせるのを手伝ってくれないか』

屋内に入り、少年は手伝って貰《もら》いながらヘンリーを寝台に寝かせる。

心配げに付き添おうとしてくれる騎士団の仲間に、一人にしてくれと言って退出して貰い、力なく椅子に腰掛けた。

『……』

無言でヘンリーを眺める少年。

寝ていると言われても疑いようがないほどに、ヘンリーは静かに、安らかに目を瞑《つぶ》っていた。対して少年の顔は空虚で、何の感情も映っていない。

『……そうだ。冒険者殿にも、礼を言わないと――』

数分後、少年は立ち上がり、ふらふらと倒れそうになりながら外に出る。

後にすればいいことだ。だが律儀に少年は冒険者たちに用意された貸家へと向かっていく。

『冒険者殿……助力、感謝す――』

扉を開けて、少年は固まった。

『いつまで便所行ってんだよ！　早くこの〝霊草〟詰めんの手伝え……って？』

『え？　勇者………あ、いや、これは――』

しどろもどろに言い訳を始める冒険者たち。

少年は目の前の光景が信じられないと言いたげに、大きく目を見開いていた。

大きな皮袋にぎっしり詰まった物体――〝霊草〟。

だが、それだけじゃない。

部屋の脇に積まれている――〝霊魂酒〟と書かれた瓶に入った液体。

『どういう、ことだ』

唖然《あぜん》とした顔で、少年は一歩ずつ冒険者たちに歩み寄る。

『あ、これはですね、その――ぎっ!?』
少年は口を開いた冒険者の首を片手で掴《つか》み、宙に持ち上げた。
『嘘《うそ》を、ついていたのか?』
『ちょ、やめろよ! ジャクソンが死んじま『黙れ』』
少年は止めようとした男を殴って地面に叩《たた》きつける。
冒険者たちは嘘をついていた。
加えて、服装に汚れがないことから、探してすらいないことは明白だった。
『騒がしいぞ! あの半獣人が戻ってくる前にまとめろと言って――ひっ』
ズカズカと、太った巨体を揺らして奥の部屋から出てきた男――依頼主。
少年は持ち上げていた男から手を離し、依頼主の下《もと》へ足を進める。
『くっ……来るな! 汚らわしい半獣人が!』
依頼主は腰を抜かしながら、後ずさりする。
構わず少年は依頼主の髪を掴み、身体《からだ》を起こさせる。
『なぜ嘘をついた。答えろ』
『はっ、離せ! こんなことをして――』
『答えろ』
殴り、黙らせる。赤い血が床に飛び散った。

『お前が〝霊魂酒〟を渡せば、ヘンリーが死ぬことはなかった』

『ひっ……ひぃ――う、うるさい！　そんなの――』

少年は再度、依頼主を殴る。白い歯が宙を舞う。

『やめろよ！　騎士がそんなことしていいのかよ！』

『そ、そうだ！　お前勇者なんだろ!?　勇者がこんなことして許されると思ってんのか！』

冒険者たちがうるさく騒ぎ立てる。

少年の行いを否定し、こうあるべきだと吐き散らす。

『……勇者？』

『あ、ああ！　勇者なら俺たちを守るべきだろ！』

少年を囲み、冒険者たちは醜く権利を主張する。

自分たちは弱い存在だからと。

強い存在である勇者は俺たちを守るべきだと。

……自分たちは、少年に対して何もしなかったにもかかわらず。

『わ、悪かった！　霊草でも霊魂酒でもやるから――』

『いらん。もう意味がない』

『な、なら離せ！』

少年は乱暴に依頼主を離す。

依頼主は逃げるように奥の部屋へ駆け込んでいく。

ほっと息を吐いた冒険者が少年に話しかけた。

『ほんと、悪かったよ。分け前も渡すからさ、この件は内密に――――あ？』

男の腕が宙を舞った。

少年の剣に腕を切り落とされた男が、ない腕を見て、間抜けな顔をする。

数秒後。絶叫が響き渡った。

冒険者たちが悲鳴を上げ、村人と騎士が何事かと駆けつける。

『ひ、人殺し！　たすけ……』

『ふざけるな』

逃げようとした冒険者の足が切り落とされた。

『俺はお前たちを信じていた。なのに、なぜだ？』

止めようとした騎士が吹き飛ばされ、壁に頭をぶつけて昏倒《こんとう》した。

『俺が勇者だから？　それとも半獣人だからか？』

襲いかかる冒険者たちの剣をいなして手を切り飛ばし、襲いかかる魔法を剣で無効化する。

『ふざけるな、ふざけるなよ』

少年は剣を振り、血の海ができあがっていく。

――やめて……。
誰かが、そう叫ぶ声が聞こえた。
――兄さん、やめて……！
悲痛な叫び声が、空間に響き渡った。
『殺してやる』
だが少年は剣を振り続ける。
声は届くことなく、少年は冒険者を切り捨てていく。
この言葉が聞こえなかったのも当然だ。届くはずがない。
だって――これは、過去の映像だから。
『この異常者め！　〝悪魔〟よ、あいつを止めよ！』
醜い声が聞こえて少年は手を止める。
わめいている依頼主の姿。
すぐ横には――首輪と手錠を付けられている、禍々《まがまが》しい黒い生物。
『殺しても構わん！　だから』
ブシュッ。
そんな音とともに依頼主の上半身が消失した。
部屋を埋め尽くすほど大きな黒い生物――〝悪魔〟は、壊れた首輪と手錠……そして、ちぎった依頼主の上半身を、うっとうしそうに地面に捨てる。
俺はそれを見て理解した。
周囲の魔物の異常な様子は、この悪魔が引き起こしていたんだと。
少年を見て、悪魔が顔を醜悪に歪《ゆが》ませた。
少年は無言で剣を構える。
そして、少年に悪魔が迫って——
ここで、俺たちの視界が暗転した。

◇

「元の場所……か?」
周りを見渡す。《幻想世界》に突入する前の、小剣が刺さった祭壇が視界に映る。
抜け出せた……と見ていいだろう。
これが悪魔が見せたかった映像。ある赤髪の勇者の、過去の映像。
なんでこの映像を見せてきたのか。
その理由はすぐに分かった。誰が、これを見せたのかも。
途端、黒い魔力が発生して渦を巻き、ある形を形成していく。

ラフィネたちは地を蹴って距離を取り、戦闘態勢を取った。

だけど、俺は動かなかった。必要ないと分かっていたから。

黒い魔力が形成した、大きな黒い生物。その物体は禍々しい顔を歪めて大きな牙を覗《のぞ》かせる。

それは、数秒前に見た醜悪な姿とまったく同じで――

少年を襲った、〝悪魔〟の姿をしていた。


「レティ、やめろ」

一瞬で聖剣を取り出し、攻撃しようとしたレティを止める。

「お前らも、それを仕舞え」

武器を構えて戦闘態勢を取るラフィネたちにも目を配り、俺はそう言い聞かせた。

「でも」

「こいつに俺たちと戦う意思はない。だから早く仕舞ってくれ」

「う、うん……」

イヴはあまり納得していない様子で杖《つえ》を収納し、ラフィネたちもそれに続いた。

すると、悪魔が纏《まと》っていた激しく渦を巻く黒い魔力が、徐々に緩やかな動きになっていく。まるで、怯《おび》えて怖がっていたのが和らいだかのように。

話に聞く悪魔とはまるで違う反応。

だけど、それもそのはずだ。こいつは――悪魔じゃない。

「お前……〝ヘンリー〟だろ」

「緲昴緲ァ緲」

俺の問いかけに、目の前の悪魔はうなり声とも金切り声ともとれる不快な音を発した。

人間の言葉とは違う、悪魔の言葉だ。

「……この悪魔が、あの少年だと言うのですか？」

「そうだ。正確には中身だけ、だけどな」

ラフィネは俺の言葉が信じられないと言いたげに悪魔を見上げる。

「……映像では、この悪魔が出る前に亡くなっていたはずです」

「ああ、だからおそらく、あの後に亡骸《なきがら》を食べたんだろう。ごくまれなケースだが食べられても完全に取り込まれずに、逆に魂が悪魔の身体を乗っ取ることがある」

「そんなことが……」

「とはいえ、並の精神力じゃ無理なはずだ。ここまで完全に自我を保ってるのは……俺も初めて見る」

修業時代に何度も悪魔を葬ってきた俺でも、悪魔に食べられた魂が数時間から数日ほど自我を保っている個体しか見たことがない。

「縺ォ縺■繧窶ヲ窶……」

悪魔はただじっと、その大きな巨体を屈《かが》めてこちらを見て、どこか悲しげな声を出す。

「……ジレイ様」

ラフィネはすがるような顔を俺に向けた。

何が言いたいのかは分かる。だけど、無理だ。

「時間が経《た》ちすぎてる。《蘇生《リザレクション》》じゃどうにもならない」

霊魂は残っている。だが、死んでからの時間が長すぎた。

《蘇生《リザレクション》》の条件は死後最大十日までに加えて、霊魂が残っていること。

この〝死後最大十日〟というのはなにも意味のない時間じゃなく、死んでから霊魂が肉体から完全に離れる日数を示している。術者が変えられるものじゃない。

「肉体の代わりになる〝器〟があれば話は別だが……」

それだけ言って言葉を切る。ラフィネたちは悲痛そうに顔をうつむかせた。

無理だと理解してくれたのだろう。代わりとなる器とは、ヘンリーと同じような性質の魔力を持った、生きた人間に他ならないのだから。

加えて、長い年月が経っているからか悪魔とヘンリーの魂が融合してしまっている。この状態で器に魂を移して《蘇生《リザレクション》》しても、器となる身体が耐えられるとは思えない。そして、悪魔と魂を完璧に切り離す手段は存在しない。

そもそも、ここまで自我を保っているだけで奇跡だ。驚異的な精神力で何年もの間、悪魔に意識を乗っ取られないように戦っていたに違いない。

「これで弱いって……冗談か？」

ヘンリーは自分のことを弱いと零《こぼ》していたが、たった一人で発狂しそうな中、耐えることが弱いわけがないと言いたい。

だけどそれでも、ヘンリーはそうまでして伝えたいことがあった。

「お前の意志は分かった。何を伝えて欲しい？」

悪魔は長い腕を上げて俺の後ろを指し示す。

振り向くと、祭壇に刺さっている小剣を示していた。

「纏纏後纏」

悪魔はゆっくりと移動して小剣を抜き、それを両手に載せて捧《ささ》げるように俺に渡そうとする。

「……あいつに渡せってことか？」

差し出された小剣を受け取る。

儀礼剣だろう。

刃は丸まっていて戦闘用に作られた代物ではない、儀式用の華美な剣。

柄《つか》に埋め込まれた小さな紅玉にはキズ一つなく、鏡面に俺の顔が映し出されている。

が、この小剣は本物の剣じゃない。姿形、質感だけ見れば分からないが《看破》を使えば魔力で作り出された魔力剣だと分かる。

魔力剣は珍しい。売ればたいそうな値段がつくことだろう。しないけども。

「分かった。渡しておく」

「縺ゅ縺後縺縺悶縺セ縺」

悪魔は頭を深く下げて感謝を表す。そして、そのままじっと動くことなく、己の首を差し出して介錯《かいしゃく》を願うように身体《からだ》をうずくまらせた。

その動作を見て、俺は虚空から黒剣を出して、悪魔の首に添える。

「縺後縺縺悶！　縺セ縺縺縺悶……!!」

剣を添えた瞬間、突然、落ち着いていた悪魔が牙を剝《む》いて暴れ出そうとして……だがすぐに何か別の意思に押さえつけられたように、動きが沈静化した。

俺は理解する。数年、自我を保てていたとはいえ、もはや限界なのだと。

「……」

……どうにかしたいとは思う。でも、何をしてもどうにもならないことはある。

悪魔と魂が融合してしまっている時点で、救うことは不可能だ。切り離す方法はなく、悪魔もろとも消滅させるしかない。ヘンリーだけを救う手段は存在しない。

俺がもっと強ければとか、そういう問題じゃない。これを治せるのは《世界樹の祝福《ユグドラシル・セイブレ》》とか御伽噺《おとぎばなし》の世界だ。人間の可能な範囲を超えている。

もしくはもう、人知を超えた〝奇跡〟が起こることしか――

「！　なんだ……？」

急に、持っていた黒剣から魔力のような黒く禍々しいなにかが溢《あふ》れ出す。それは意思を持っているように動き、悪魔の周囲を覆うように広がった。

止めようとするも、俺の意思とは無関係に展開されていく。なんだこれは？

悪魔が苦しんでいる様子はない……つまり、害はないということ。

むしろ、これは――

「……できるのか？」

俺は問いかける。黒剣から出た禍々しいなにかに。

答えを返すかのように、黒いなにかは揺らぎ、そして俺の右腕に収束するように蠢《うごめ》き出す。

「そうか」

一言、返す。何も言語として答えは返ってきていないけれど。

でも、なぜか理解できた。この力を使えば、救うことができると。

根拠はない。でも、そう感じた。

絶対に不可能なことで、神でもない限り無理なはずなのに不思議と、まるでそれが当たり前かのように、この力で奇跡が起こせると理解できた。

「よく分からないが……」

漆黒に染まった右腕を前に出し、悪魔の頭に手をかざす。

……本当に、意味が分からなくて気持ち悪い力だ。できれば使いたくなんてない。

でも、それが俺の利になるのであれば使ってやる。このムカつく現状を変えられるというのであれば、不本意だが利用してやる。

「〝喰《く》え〟」

命令と共に、右腕から《捕食》が展開され、一瞬にして悪魔を覆い隠す。

「後縺縺後」

飲み込まれる直前、悪魔がかすかに漏らしたその声が。

なぜだか、ありがとうと言っているような気がした。

◇

湖の中から出て妖精に解決したことを告げた俺たちは、報酬である情報を聞いたあと、湖のそばに座り、あるものを待っていた。

空を見上げれば既に日が落ちて暗くなっている。そばに置いたランタンの灯《あか》りがなければ手元を見ることすらできないほどだ。

「……」

待っている俺たちの間に会話はなかった。湖の中から出てここ一時間ほど、妖精と話していたとき以外、一切誰も口を開いていない。

レティなんかはずっと黙っているし、ラフィネは目に見えて落ち込んでいるし、イヴは無表情だけど何か暗いオーラを感じる。気まずい。

聞きたいだろうに、俺が使ったあの気持ち悪いなにかのことを聞いてくることもないし……いや聞かれても困るし助かるんだけども。

「ジレイ様」

「ん、ああ……何だ？」

ようやく聞こえた声に返答。よかった、誰も喋《しゃべ》らないからどうしようかと思った。

ラフィネは顔をうつむかせたまま。

「なんで、あの少年は……幸せに、なれなかったんでしょうか」

と、呟《つぶや》いた。膝を抱えた腕は少し震えていて、ラフィネの気持ちがうかがえる。

俺は少しだけ考えて、答える。

「それは、違うな」

「え？」

「あいつは幸せだったはずだ」

言いながら、俺はヘンリーから預かった儀礼剣を掲げる。

華美な装飾、キズ一つない紅玉は変わりない。だが、その剣身は初めて見たときと違い、淡く白い魔力で輝いている。

「死んだ者の霊魂が、ごくまれに武器に宿ることがある」

急な話の転換に、ラフィネは首をかしげる。

「〝霊剣〟ってやつなんだけどな……怨念や執念、基本的に死者の未練が残って武器に宿る。その場合は、所有者に害を与える呪いの剣になる。だけど……」

俺はよく分からん力を使って、ヘンリーと悪魔の魂を引き剝がした。そして、この剣にヘンリーの魂を宿すことに成功した。普通は不可能なはずの奇跡を起こした。

「この剣には禍々《まがまが》しさがない。つまり、怨念も執念もない。幸せだと思っていたってことだ」

ヘンリーにとって兄と一緒に過ごしたその時間は大切で、幸せなものだった。たとえ不幸なことがあったとしてもなお、幸せだと思っていた。

「それにだ。幸せになるのはこれからだぞ？」

「？　これから……？」

ラフィネはよく分からない様子。まあそりゃそうだ、言ってないし。

「まあ詳しくは言えないんだけど……俺が、なんとかするってことだ」

それだけ言って会話を打ち切る。

ちなみに、ラフィネたちにはこの剣にヘンリーの魂が宿っていることは言っていない。言ってもいいんだが、あまり人に話すことじゃない。白魔導士協会が秘匿している蘇生《そせい》魔法なんか比べものにならないほど重要な情報だ。知れば危害が及ぶ可能性が高い。

曖昧な俺に、ラフィネたちには何も聞くことなく「……はい！」と表情を明るくさせる。普通に考えれば無理なことだけど、疑うことすらせず信頼の目を向けてくれた。

「……そろそろ時間だな。よし、辛気くさいのは終わりだ終わり！　さっさと霊草を摘みまくって帰って寝るぞ！」

明るい声を出して準備に取りかかる。面倒なことは早く終わらせて、帰って極上のベッドで寝るに限る。さすがにもう疲れた……。

気を持ち直したのか、ラフィネたちは各々「そうしましょう！」「ん、分かった」「おお！　帰ろう！」と明るく反応をしてくれる。レティにいたっては既に帰り支度をしている。いやだから採取してからだって。

俺は苦笑したあと、念のため魔導時計《マギ・クロック》を取り出して時刻を確認してから、ある魔法を行使。

「《白月》」

詠唱と共に、俺の手から拳大の白い球体が発生し、湖の上空に浮かび始めて――

湖の縁に群生していた何の変哲もない草が、《白月》の光を浴びて急速につぼみをつけ、やがて開き出し、光り輝く白い花を満開に咲かせる。

「わあ、すごいです……！」

白く幻想的な魔力が湖に反射し、奔流が暗い森の中を優しく照らし出す。

言葉を失うほどの美しい光景。ラフィネたちも目を奪われている。

妖精に貰《もら》った情報どおりだ。『白の月が満ちる刻《とき》、月光が霊草を作り出す』。

白の月はつまり、数カ月に一度、夜の○時にしか現れないと言われている白い月のことで、その光を浴びた草が花を咲かせ、一定時間だけ霊草に変化する。

それが、霊草の正体。

今日は白の月が出る日じゃない。でも俺はその環境を擬似的に魔法で再現することで、可能にした。色々な上級魔法の複合だから同じことができるやつは限られるだろう。

赤髪の少年が見つけられなかったのも当然だった。あのとき、少年たち騎士団が呼ばれたときには既に白の月は過ぎていた。少年が呼ばれたのは採取の護衛ではなく、捕まえた悪魔を輸送する際の護衛だった。いくら探しても見つかるはずがない。

「っと、こうしてる場合じゃないか。さっさと集めて帰るぞ！」

俺たちは慌てて採取を開始。数分以内に採取しないと元の草に戻っちゃうのだ。

「よっしゃ！　もうせっかくだから摘めるだけ摘むぞ！」

おー！　と元気よく気合いを入れる俺たち。目の前に金が転がっているのだ。眺めている場合なんかじゃない。うへへ。

この後、めちゃくちゃ草摘んだ。

◇

「一億くらいかな……？　やっべ何でも買えちゃうじゃん」

採取を終えて街に到着し、ギルドへ移動中。

道中で数えてみたが、ざっと百本くらい摘んだからたぶん一億ぐらいある。やばい。

「俺頑張ったし、ご褒美に少しくらい魔導具を買ってもいいのでは……？」

ラフィネたちと分けたとしても数千万は残る。ならまあ……ちょっとくらいいいんじゃないかな？　かな!?

そんなことを考えつつ、ギルドに到着。

扉を開ける。

「決めた！　一千万くらいの前から欲しかったやつを買って――」

「金は一生かかってでも返す！　だから〝霊草〟の情報を――」

「ですから、ギルドに情報はありません！　お引き取り下さい」

「頼むよ！　このままだと息子が……あと少しで、霊魂酒が買えるんだ！　だから……」

ギルドの受付で抗議する年配の男性。受付はうんざりした様子でため息をついていた。

その顔を見るに本当に情報はないんだろう。あったらギルドが丸儲《まるもう》けしてるし。

そして数分後、男性は諦めたのか肩を落としてギルドを出て行った。……うん。

「……」

俺は無言で、霊草が詰まった袋を《異空間収納《アイテムボックス》》から取り出す。

いや、まあどこかで聞いたような話だな、でも俺には関係ない。うん。

関係ない……んだけども。

「あー……」

まあ、なんていうか。

「なんかこの草、変な匂いするし……換金受付まであと少しだけど持つのも不快だわ。もう誰かに押し付けたくなってきたくらいだ。お前ら、代わりに換金してくれない？」

言うと、ラフィネたちは目を丸くしたあと、可笑《おか》しげに微笑《ほほえ》んで。

「ふふ……そうですか。実は私も持ちたくないと思っていたんです」

「わたしも。持ちたくない」

「わたしもだ！　にがい匂いするから！」

三人とも同じ返答。なぜか楽しそうな顔をしている。

「……そうかよ」

あーあ、ここで承諾してくれれば仕方なく、俺が換金してもよかったんだけどなあ……。

「はあ……」

俺は一つ、大きくため息をついて。

ギルドの受付カウンターではなく……出入り口の方に、歩き出した。

◇

数日後。

「んおあー……」

目を覚ました俺は大きくあくびをして、ぐぐーっと腕をのばす。

「あー、だめだまだ眠い」

起きようと試みるも、とんでもない眠気。俺は再び目を閉じる。

そのまま、安らかな眠りにつこうとするが。

「ぶっ!?」

腹に衝撃。見ると、スヤスヤ眠っているレティの姿。

ぶん殴って起こしたくなったが我慢。代わりにレティを担ぎ、近くに置いてあった大きめのツボに入れた。しっかりと蓋を閉めて……と、これでよし。

「……」

一仕事終えた充実感のままに周りを見渡す。

足下には大量の藁《わら》。ヒヒーンと鳴く馬たち。うん、完全に馬小屋ですわ。

なぜ普通の宿屋ではなくこんなところに泊まっているのか……一言でいうなら金がない。

数日前、霊草の採取依頼を契約破棄という形で終えた俺たちは、夜も遅いしと宿屋に泊まることにした。勇者パーティーは無料ということで超豪華な宿屋を貸し切りにできた……のだが。

受付を素通りする俺。普通に止められて通常料金。払えなくて俺だけ退場。俺、泣く。

その後、頑張って泊まれる宿屋を探すもどこも空いておらず、というか金が足りず、結果的に馬小屋に五百リエンで宿泊することとなった。

ちなみに、百本あった霊草は通りすがりのおっさんに押し付けた。加えて、霊草の採取条件の情報を各所にばらまきまくった。もちろん出所は不明にして。

これでじきに霊草の価格は暴落し、霊魂酒の価値も下がるだろう。ちょっと高めの草と酒くらいの扱いになるはずだ。

噂《うわさ》では情報を独占していた商会が大慌てしているらしい。が、俺には関係ない話だ。かわいそうだねーって感じ。

まあそれは置いておいて、問題は、俺の手元に金がないことである。

ここ二日ほど色々と動いていたから依頼を受けて金を得ることもできなかったし、むしろ色々したせいで元々あった数少ない金すらも消えた。なんでだ。

そのせいで財布はすっからかん。むしろ契約破棄による違約金でマイナス。もちろん気持ちは最悪。数日間も馬小屋で寝泊まりしているのはそのせいである。宿屋の主人の憐《あわ》れみの視線がね、日に日に増していくのね。

「まあ正直どこでもいいんだけど。寝れれば」

馬に顔を舐《な》められまくってもまあ関係なく寝れる。

だから別に、俺は気にしないのだが――

「じれいさまあ……だいふきでふ……」

「やったー！　やくそくだぞししょー、ぱーてぃーに……」

「レイ、かっこいい。好き」

三者三様の寝言。俺は頭を抱える。こいつらはダメでしょ。

衛生的に女性はどうなんって思うんだが。ってか、レティとイヴは普通に宿屋に泊まればいいだろ。ラフィネもほぼゼロってくらい安くなってたから泊まれよ。

なのに、なぜかいる。寝る前はいないのに起きたらすぐそばで寝てる。なんで？

何回もやめろって言ってるのに全然直らんし……ちゃんと戸締まりしたにもかかわらず、朝起きたら扉がこじ開けられてる。怖いって。

しかもここ数日、どこへ行くにもラフィネたちがついてきて気の休まる暇がない。いや、ちゃんと仕事してくれるから助かるんだけども。トイレにまでついてくんなよ。

「……まあ、それも今日で終わりだし」

今日は待ちに待った魔導図書館に入館する日。これが終わればあとはもう自由！

己を鼓舞し、準備を始めようとする。

が。

グイッと、何かに引っ張られて動きを止めた。

「…………おい」

俺は振り返って、それに一声かける。離せという意味を込めて。

「……」

が、それは気にすることなく、離そうとしない。

「おいこら、離せ」

俺はぎゅっと腰にしがみついてきた少女——イヴから逃れようと試みる。しかし、がしっと摑《つか》まれているせいで剝がせない。このっ……！

ラフィネとレティは気持ちよさそうに寝てるからまだ分かる。けど……。

「起きてるだろ、おい」

「………」

ゆさゆさと揺らすも無反応。でもがっしりと掴んだ手は緩まない。絶対起きてるこの人。

「おい、起きろ。離せこら……おい！」

ぺしぺしと頭を軽く叩《たた》いて離そうとするも。

「すやすや」

寝てるアピール。何やってんだこいつ。

しまいには、手をごそごそと動かして……ちょ、おいまっ、そこデリケートなとこォ！

「起きろ、頼むから」

下手《したて》に出てお願いすると、イヴは抱きついたまま。

「おはようのキスしてくれなきゃ起きれない」

「すごいこといっちゃってる」

ふざけた返事をしてきた。寝ぼけてるのかな？

「じゃあハグでもいい」

手を広げて要求するイヴ。……どうやら頭がおかしくなっているようだ。寝起きだからね。

その後、わがままを言うイヴをずるずると引きずりながら身支度を始めた。やだやだって子供かお前は。

準備を終えて、構って貰《もら》えなかったからか少し不満げな顔のイヴが聞いてきた。

「でも、こんな時間にどうしたの。いつも起きないのに」

「……ちょっと野暮用でな」

「……そう」

それだけ言って、さっきまで駄々っ子だったイヴは素直に離れる。

実はまだ早朝。約束している魔導図書館の開館時間にはまだ早い時間だ。

のに、俺が起きているのはある用事を終わらせるためだ。本当はめんどい。でもあいつと約束したからやらねばならぬ。だるい。

「じゃあ時間になったら戻る」

「ん、いってらっしゃい」

イヴはふるふると手を振って見送ってくれた。どこか顔も楽しそうだ。

去り際、イヴの「いまの妻みたいだった」との嬉《うれ》しそうな声は聞かなかったことにした。

◇

馬小屋を出たあと、街の外壁を抜けて森の中。

整備されていない獣道の草木をかき分けながら、俺は足を進める。

あの映像で見たから道はあっている。事前に《探知》で街全域を探したし、ここにいることも確認済み。だから迷うこともない。

「よっと……お、いたいた」

開けた場所に出て、目的の人物を見つけた。

その人物のすぐそばには、ツタまみれのボロボロの納屋。生活感もなく誰かが生活しているとはとても思えない。……変わってないな。

「よう」

軽く声をかける。

だが、その人物は振り返ることすらせず。

真紅の髪に、毛で覆われた獣耳。

エーデルフ騎士団の副団長で、フォルテ独立国の王子。【才】の勇者でもあるその男
——

「何の用だ、D級」

ルーカスは冷たい声色で、そう答えた。

◇

「別に、ちょっと通りかかっただけだ。たまたまお前がいたから声をかけた」

「そうか。煩わしい《探知》が飛んできたのは気のせいと言いたいわけだな」

偶然を装ってとぼけるも、どうやらバレバレのようだ。気付かれないように《隠蔽魔法》を何重にもかけておいたんだが。無駄だったらしい。

「御託はいい。さっさと用件を話せ」

ルーカスはこちらを見ることすらなく、淡々と言葉を発する。……ほんと、可愛《かわい》くないやつ。絶対に友達にはなりたくないタイプだ。

「まあそう言うなよ。俺だって、お前と話したくないのに来てやってんだ」

「なら消えろ。貴様に時間を使うつもりはない」

問答無用で拒絶される。俺めっちゃ嫌われてるじゃん。

……まあいいけど。俺もこいつ嫌いだし。仲良くするつもりもないから。

「〝ヘンリー〟から頼みを受けて来た。お前にこれを――」

「なぜ、貴様が弟の名を知っている」

その名前を聞いた瞬間、一瞬で間を詰められ、首元に剣を突きつけられる。

「答えろ」

むき出しの敵意。さっきまで俺に興味すら示さなかったルーカスは、身体《からだ》から魔力を展開させ、戦闘態勢を取っていた。

だが、俺はその問いに答えることなく。

「さあな」

持ってきていた《霊剣》を取り出して、放り投げた。ルーカスは剣を持っていない方の手で、宙に放り投げられた霊剣を受け止める。

「なんだ、これ……は……!?」

霊剣を見て、ルーカスは大きく目を見開いて動揺する。

「ヘンリーの儀礼剣を、なぜお前が……それに、この魔力——まさか」

気付いたようだ。まあ、兄弟で親和性の高い魔力を持っているこいつなら、一目で分かって当然だけども。

「ヘンリー、なのか」

呆然《ぼうぜん》といった声を吐き出し、ルーカスは答えに辿《たど》り着く。

その様子は明らかに動揺していて、いつも澄ましていた顔が狼狽《ろうばい》している。幽霊でも見たかのように、霊剣を見つめていた。

「そうだ。その霊剣には、ヘンリーの魂が宿ってる」

俺はルーカスに対して、長々と説明を始めた。

俺が依頼を受けて、【霊樹の森】内の迷宮《ダンジョン》でルーカスの過去を見たこと。

その過去を見せてきたのが、弟のヘンリーだったこと。

肉体が悪魔に取り込まれていて、介錯《かいしゃく》を願ってきたこと。

それらを全て、俺が見てきたままに話した。俺が変な力を使って悪魔とヘンリーの魂を引き剝がしたことも全部だ。こいつには嘘《うそ》偽りなく、真実を話す必要があると感じたから。

「……」

話した後、ルーカスは呆然と立っているだけで、何も言うことはなかった。

顔をうつむかせ、霊剣をただ見たまま、何かを考えるように手を握りしめていた。

俺は何も言わず待つ。

少し経《た》ってからルーカスはようやく口を開いた。

「……ヘンリーは、どれくらいで目覚めるんだ」

「一年……いや、親和性が高いお前の魔力なら、早ければ半年だと思う」

「……そうか」

ルーカスはまた黙り込む。その声色は平淡《へいたん》で、感情は一切読み取ることができない。嬉しいでも悲しいでもなく、まるで感情がないかのようだった。

悪魔から魂を引き剝がす際、ヘンリーの魂を一時的に休眠状態にしたから今は眠っているが、いずれ目覚める。十分な魔力源の近くにおいて魔力に触れさせておけば、目覚めるのも早くなるはずだ。兄であるルーカスならかなり早いに違いない。

「ただ、代わりの器がないと霊剣の中から出すことはできない……って言いたいところだが」

目覚めたとしても霊剣の中に囚《とら》われて、ヘンリーは自由に動けない。それでもいいなら構わないが、食事も睡眠も取れずに生きるのは酷だろう。

だから――

「それは、俺がなんとかする」

はっきりと、俺はそう宣言する。絶対にできないことを可能にすると。

「目覚めたあと、俺がヘンリーを元の肉体に移す」

「……何を言っている。体は悪魔に喰《く》われたはずだ」

「ああ。だから、俺が〝作り出す〟」

ルーカスは狂人でも見るような視線を向けてくる。……確かに、俺もこう言われたらこいつ何いってんだと相手にしない自信がある。

俺だって、できるかどうか疑っている。でも、悪魔ごとヘンリーを〝食べた〟瞬間、ヘンリーの持っているあらゆる情報が頭に流れ込んできて、肉体を作れると直感で分かった。

原理は分からない。まず間違いなく、今の魔法原理からはかけ離れた力だ。魔力を使っているわけでもないし、なんで使えるのかも分からない。

でも、俺にはできる。本来なら無理なはずのことを俺はできる。なぜだか、そう確信できた。

「……そうしたらお前ら二人で、騎士にでも何にでもなればいい」

「っ……！」

ルーカスは顔をうつむかせ、震える身体を押さえるように拳を強く握りしめた。

嘘ではない、ということを分かってくれたのかもしれない。

そのまま、長い沈黙が続いた。ルーカスは霊剣を見つめたまま、佇《たたず》んでいた。

数分ほど経っただろうか。

そろそろ帰ろうと思って足を動かすと、ルーカスは口を開いて。

「……小さい頃、俺は騎士になりたかった」

かすれた小さな声で、言葉を吐き出し始めた。

俺は足を止めて耳を傾ける。

「おそらく、憧れたんだろうな。人を助けて感謝される姿に」

「おそらく？」

まるで他人事《ひとごと》のような言葉だ。自分のことだろ？

「今では、もう分からない。なぜなりたいと思ったのかも、自分がどうなりたかったのかも」

「なんだそりゃ」

「貴様だってあるだろう？　志した信念が、刻《とき》が経ち変わってしまったことが」

「……まあ、そうかもな」

言われてみれば、俺だって勇者になりたくてずっとそれだけを考えて生きていた。結果として諦めたものの、あの頃はくだらない信念を持っていて、それが今ではなくなっている。

「俺は、この世界が嫌いだ。理不尽で腐ったこの世界が」

ルーカスは色の無い声で、静かに佇んでいる。

「知ってるか、D級。この世は正しく生きようとすると損をする。道を外れた者が得をし、正しい者がいつも泥を被《かぶ》る。まったく可笑《おか》しな世の中だ。面白いだろう？」

くくく、とルーカスは笑みをこぼす。

「強者は弱者から搾取し、弱者は更に弱者を作り、虐げ続ける。口では平等だと言っておきながら、人種、考え方……些細《ささい》なことで格差を作って生きている」

俺は黙って、ルーカスの独白を聞き続けた。

「正しく、善意ある者は搾取される。勇気を持ち、人々を助ける勇者なんてものは御伽《おとぎ》噺《ばなし》の世界の中だけだ。実際に渦巻いているのは利権と醜い感情だけにすぎん」

ルーカスは「だから」と続けて。

「【攻】を見ていると、虫唾《むしず》が走る」

「……」

「正義を振りかざし、損をする生き方をやめようとしない。愚かな生き方だ」

ルーカスはバカにするように鼻を鳴らす。

「アレは危うい。お前だって分かっているだろう？」

「……まあな」

こいつが言いたいことは分かっている。レティの純粋さが、勇者としての正しさが、美しくも危ういものだということは。

あそこまで真《ま》っ直《す》ぐに、不純な動機もなく前を向ける者はほとんどいない。

見返りを求めず、勇者として人を助けることができる心なんて、少なくとも俺は持っていない。俺は不純だらけで自分のためにしか動かないから。レティの生き方が、幸せなのかどうかも分からない。

……だけど。

「それが、間違っているとも思わない」

間違っているわけがない。それがレティの本当にやりたいことだと言うのであれば、邪魔をする道理もない。俺だって言われたら嫌だし。

「……フン。ならばよく見ていろ。失ってから後悔しても遅い。本当は勇者などやめさせた方がいいがな」

「じゃあ、なんでお前は辞めないんだよ」

聞くも、言葉は返ってこない。

どころか何も言わず、出口に向けて歩き始めた。

俺もそれを見て、魔導時計《マギ・クロック》を《異空間収納《アイテムボックス》》から取り出して時間を確認し――うげっ!?

もうこんな時間!???

やばいやばいと帰り支度を始める。遅刻じゃんやべぇ。

慌てて帰ろうとすると。

「D級」

声をかけられ、顔を向ける。なんだ?

ルーカスはこちらを振り向くことなく、言葉を吐き出した。

「感謝する」

それだけ言ったルーカスは、返答を待たずに去ろうとする。

「……おう」

俺もそれだけ言って、ルーカスの背中から視線を外す。

ほんと、なんて可愛くないやつだ。マジでこいつ上から目線すぎるだろ。これならまだアルディの方が可愛げがある、見た目だけはだけど。

……まあ、でも。

間違いなくムカつく態度なのにもかかわらず——不思議と、腹は立たなかったのだが。

◇

用事を終えて馬小屋に戻り、まだ寝ていたラフィネとレティを叩《たた》き起こしてから、俺たちは魔導図書館へと向かった。

魔導図書館は特殊な方法で入る必要があるので、許可証を持った魔導機関の職員も一緒だ。

本来ならアルディが来るはずだったんだけども、何やら急遽《きゅうきょ》、魔導機関のお偉いさん同士での話し合いが入ってしまったんだとか。来なくていいけどな。

そんなこんなで俺たちはいま、魔導図書館の中にいた。

魔導機関の職員は俺たちを入場させるまでが仕事なので今はもういない。このだだっ広い空間を俺たち四人が貸し切りである。

他に人の目もないからか、ラフィネは《変幻の指輪》を外して本来の姿に戻っている。まあ騒ぎにはならなそうだからいいけどね。

「……初めて来た。すごい」

「い、いったい何冊あるんでしょう……」

「おおー、本がうごいてる！」

はしゃぎまくる女性陣。初めて見る光景に興奮しているのか、落ち着きなく辺りを見回している。

見渡す限り本だらけ。四方八方にそびえ立つ本棚が並び、魔導書が生き物のように宙に浮かんでいる。目を凝らせば、本棚の中の本も勝手に動いて何やら遊んでいるような動きをしているのがわかる。

魔導図書館の別名は――〝意志を持った図書館〟。

その名の通り、本の一つ一つに意志が宿っていて、まるで生き物のように動き出す。驚きなのが、魔導書でもない何の変哲もなかった本でも、この図書館に来れば意志を持って動き出すということだ。

その原因は、この空間全体を包み込む特殊な魔力によるもの。

外界と隔絶された空間――異界であるここは、作り出した術者の魔法式により明確なルールを以て管理されている。

守らないものは図書館を守る自動人形の〝守護者〟によって攻撃され、魔導図書館を退出するまで延々と追い掛け回される。ちなみにめっちゃ強い。

俺も昔、数回だけ来たことがある。

その時はまあ、正規の手段を使わず入ったからもちろん攻撃されまくった。むしろ喜んだ俺が守護者をぶっ壊しすぎて、そのうち出てこなくなって館長を名乗る変な女が苦情を言いに来たりした。たぶん五千体くらいだった気がする。

さらに、その蔵書数はなんと数え切れないほどあるという。

この世のありとあらゆる本が集まる場所、と言われているのも納得できるほどに、色んなジャンルの本が所蔵されている。一般的な魔法の指南書から、最上級魔法、帝級魔法の本まで。

「こ、こんな……え、え――」

「おい」

更に、少し過激でアダルトな内容の本まで揃《そろ》えているというレパートリーの多さだ。黙って隅で読んでいたイヴの目が釘付《くぎづ》けになってしまうほど。もちろん取り上げたよ？

とまあ、こんな感じで本なら何でもある。それゆえに、情報を集めるには持って来いの場所だ。ここにないなら多分他を探しても見つからないと思う。

「じゃあ事前に言っておいた通り、まずはアルディからの依頼を終わらせる。いいか？」

俺は宙に浮いた本に飛び移ろうとしたレティの頭を摑《つか》んで止めながら、そう言った。

「依頼は指定された本を探すことだ。制限時間は今日の夕刻まで。このリストにある本のなかから、できる限り見つけて欲しいらしい」

言って、ヤバい本ばかりが記されたリストを掲げる。

これが今回、魔導図書館に入るための条件だった。魔導図書館は一般公開されているとはいえ、それはごく一部の区画のみ。いま俺たちがいる、重要度が高い場所には限られた人物しか入ることができないのだ。

今回、俺はてっきりアルディが申請できると思っていたのだができなかったらしく、それより上の魔導機関のお偉いさん（めっちゃ偉い人らしい）にアルディがお願いをして、『じゃあ本を探してきてくればいいよ』という条件で許可を貰《もら》ってくれた。

なので周りは俺たち以外、見える範囲には誰もいない。ほぼ貸し切りである。

「見て貰った通り、ヤバい本ばかりだ。それに加えて、魔導図書館の本は動き回る。この数のなか探すのはそうとう難しい」

探知魔法を使ったとしても、魔力がない本から探し出すのは至難の業。ある学者が魔法を使わず目視だけで目的の本を探そうとして、数年かかったという逸話もある。

だから、もし探そうとするなら探知魔法を習得した魔導士が何十人も必要だ。お金もかかるし、時間もかかる。とてもじゃないが俺には出せる金じゃない。する気もない。

「で、ここからが本題なんだが」

と、説明をしたあとに、俺はそう切り出して。

「四人でまとまって動くのもアレだし、別行動に――」

「嫌です！」「やだ」「いやだ！」

　秒速で拒否された。おおぉい。

「いやいや、まてまてまて。こっちの方が合理的なんだって。ほら、よく考えてみ？　それぞれ別れて探した方が早く終わるだろ？」

「そうだけど、おかしい。何か裏がありそう」

「うっ」

「それに、別に全部を見つける必要はないんですよね？　むしろ一つも見つからなくてもいい、とアルディさんからお聞きしましたが」

「ぐぐぐ……」

　穴をつかれ、狼狽《ろうばい》する俺。集まる疑いの視線。

　くそ、まさかアルディから聞いていたとは。実はこの依頼が形だけのものだとバレてしまったじゃないか。ちくしょう。

　……こうなってしまった以上、仕方ない。プランCだ。

「じゃあ、勝負ってのはどうだ。それぞれ別れて、一番多く本を見つけられたやつが一番少なかったやつに命令をしていい。どう――」

「やります」「やる」「やるぞ！」

　秒速で許可された。目がすっごいやる気に燃えている。

「その、お願いすることは何でもいいんですか？」

「あ、ああ。まあでも常識の範囲内でな」

答えると、「何でも、ジレイ様に何でも——」「レイと一緒にデート、そのあと一緒に——」「ししょーをパーティーに——」と、それぞれが俺に命令する前提で話していた。

俺が負けるのが確定で話すな。

「探す手段としては、基本的には何をしても構わないが……ラフィネ」

「はい？　何ですか？」

「千里眼は禁止だ。分かったな」

言うと、ラフィネはコクリと頷《うなず》く。

「……分かりました。ずるいですからね」

「そうじゃない。霊草のときに使ってから、まだ魔力が回復してないだろ」

俺の言葉に、ラフィネは少し驚いたように目を丸くして。

「……はい。ありがとうございます」

と、嬉《うれ》しそうな顔で優しく微笑《ほほえ》んだ。

よし、これでいい。千里眼は繊細な魔力操作で疲れるのもそうだが、何よりも魔力を多く使う。いくら魔力量が多いラフィネとはいえ、高頻度の行使は身体《からだ》への負担が大きい。ぶっ倒れたら困るからな。

「ずるい」

俺が満足していると、なぜかイヴがわずかに頬を膨らませてそう言って来た。はあ？　ずるいって、むしろずるくなくなると思うんだが……。

ふふんと自慢げにドヤ顔するラフィネとなぜか悔しがるイヴ。よく分からん。

「ふふ……ジレイ様と二人きりになる権利を貰うのは私です！」

「うるさい。勝つのはわたし。レイと大人のデートする」

「わたしも頑張るぞ！　魔王をししょーと倒すために！　おおー！」

それぞれ、やる気は十分のようだ。わちゃわちゃと楽しそうである。

「……よし」

俺が負けるのを前提で話しているのはさておき、これで別行動ができるようになった。本来の目的のために動くことができるな。

その後、俺たちは集合場所と時間だけを決めて、散らばるように別れた。

ラフィネたちはリストの本を探すために、探知魔法を使ったりしてせわしなく動いている。

が、俺は探すことはせず、ある場所に向かって足を進めていた。

「俺が負ける？　くく……そんなわけないだろうに」

ラフィネたちは勝つ気満々で話していたが、そもそも、俺が何の対策もせずにあんなこ

とを口走ったと思うだろうか？　この天才の俺が？

否、そんなわけない。もちろん、俺は勝つつもりしかない。

悪い笑みを浮かべて歩き続けること数分、目的の場所に到着した。

魔導図書館の広い空間を繋《つな》ぐ螺旋《らせん》階段。ここを上がっていけば別の階層に出ることができる。

ラフィネたちも知っているだろう。事前に説明をしたし。それが俺の罠《わな》だとも知らずにな。

俺はそのまま、螺旋階段……別名〝無限階段〟を上がり——

——は、しなかった。

逆に、階段の反対側、何もない床だけの空間へ足を進めた。

ここは一階。下に続く階段はなく、そこは何の変哲もない床。だが、俺は知っている——〝この先〟があることを。

しゃがみ、床に手をつく。そして、わずかに魔力を込める。

すると。

ギギギ……と何かが鳴る音と共に、床がズレ始める。カラクリが動きだしたのだ。

「くくく……」

開いた床の先、出現した地下へ降りる階段を下りながら、俺はニヤリと口を歪《ゆが》ませる。

俺に勝つ？　甘い甘い、俺がそう簡単に勝たせるわけがないだろうに。

俺はそのまま下っていく。勝利の確信を持って、確かな足取りで。

「――ああ、君かね。ずいぶんと久しい」

目的の場所についた俺の方を、椅子に腰掛けていたその人物は振り返った。

長い金髪を後ろにまとめ、ふわっと一つに束ねている髪型に、紫色の瞳。

服装は真っ白な白衣。だが、その小さな体軀《たいく》にはサイズが合っておらず、だぼっとゆるく着ているせいで、手が袖で完全に隠れてしまっている。

顔には特徴的なモノクルを装着していて、貫禄《かんろく》のある老紳士が持っていそうなキセルでぷかぷかと煙を吹かしている。どう見ても似合ってない。

俺が考えたのは簡単だ。このクソ広い図書館内で探すなんてことをするよりも、この場所を誰よりも深く知っていて、どの本の場所も分かる人物に聞いた方が手っ取り早い。

つまり――

「まあ、ゆっくりしていきたまえ。ずっといてくれても構わないがね？」

館長を名乗る、この変な女――フランチェスカに聞けばいい、ということである。

「君の方から来てくれるとは珍しい。やっと私に靡《なび》いた、ということかね。熱烈なお手紙を送り続けた甲斐《かい》があったというものだ」

「用があってきたんだ。あと手紙は全部破り捨ててるからな」

俺がそう言うと、「まあ座りたまえ」と着席を促され、魔法で出現した椅子に腰をかける。

「嬉しいね。君の肌が恋しくてずっと夜も眠れなかった。今夜は二人で蜜月の夜を過ごそう」

「流れるように嘘《うそ》つくんじゃねえ。そもそもお前、寝る必要ないって言ってただろ」

睨《にら》むと「そうだったかな。もう歳《とし》でね」と、とぼけるフランチェスカ。

「……歳の割には、またずいぶんと幼い格好してんだな」

「ふむ、なかなかデリカシーがない。女性に年齢の話はするな、と聞かなかったか？」

「安心しろ。お前のことをそういう目で見てない」

ついでに言うなら、誰もそういう目で見てない。

それは残念だ、とフランチェスカは肩をすくめる。

その見た目は十〜十一歳ほど。だが、騙《だま》されてはいけない。幼い少女の姿をしているが、中身はまるで別物だ。そもそもこんな場所で過ごしているのを見るに人間であるのかすら怪しい。

俺が前に来たときはもっと大人の美しい金髪女性だった。来る度に姿が変わるし、この姿も本来の姿ではないのだろう。

毎回、白衣を着ているからコイツだと認識はできるが、心臓に悪いからやめて欲しい。

「相変わらずだな君は。裸を見せ合った仲だろうに……古い女はポイか」

「人聞きの悪いこと言うな。俺は被害者だ」

思い出したくもないことを掘り返される。俺の入浴中にかまわず入ってきたのはお前だろ。俺はすぐに出たたし、何かあったみたいに言うな。

「残念だ。君の腕の中で寝るのは心地よかったんだが」

本当に残念と思っているかは分からない顔で、肩をすくめるフランチェスカ。

……昔、俺はこの魔導図書館に不法侵入したのは語ってきた通りだ。

その理由は、どうしても学びたい魔法があったからだ。だから立ち入り禁止の区域に侵入し、襲い来る自動人形の守護者を壊しながら、自動人形の目をかいくぐりながら毎日朝まで読みまくっていた。

結果的にバレて折檻《せっかん》されたあと、この女の下働きと言う名のお世話係に（強制的に）任命され、したくもないことをやらされた。

その内容は多岐にわたり、朝のモーニングコールから着替えの手伝い、夜は子守歌を歌って寝かしつけることまで。魔法の研究の実験体に使われたこともあった。だだっ広い風呂で身体を洗えと言われたときはさすがに拒否したが、俺の心労は半端じゃなかった。

というかそもそも、魔導図書館は誰の所有物でもない。過去にこの空間を作り出した人物はとっくの昔に亡くなったし、公的な後継者も発表されていない。つまり、こいつは館長を名乗っているだけのただの不審者である。

なのになぜか、ルールの範囲外にいて攻撃対象にならないし……普通なら問答無用で追い出されるのだがコイツはそうならない。

おそらくだが、この空間を作り出した人物から何か特別な許可でも貰《もら》っているのだろう。それが何かは分からないが。

「長居する気はない。聞きたいことを聞いたら帰る」

「つれない男だ。まあいい、面白そうだ。なにを聞きたいんだね？」

「二つある。まずは――この力のことだ」

黒い魔力を展開させて《捕食》を出現させる。それを見たフランチェスカは、驚いたように目を丸くさせた。

「ほう。これはこれは――面白い」

フランチェスカはうごめく《捕食》をじろじろと色々な角度から眺め、目を好奇の色で輝かせる。研究者としての好奇心を抑えられない様子だ。

「何か分かるか？」

「ふむ。既存の魔法ではないということは間違いない。あとは……術式を介していない」

《看破》すら使わず、見ただけで性質を理解するとは……やっぱりコイツ、ただ者じゃない。

「とすると、加護？　いや、だとしても……こんな加護は聞いたことがない。これは何ができるのかね？　どういう経緯でこの力を？」

「俺も詳しくは分からない。この前、魔人みたいな変な女を消滅させたらいつの間にか使えるようになってた。使い方も、俺の意志で動かすことができて、手みたいに便利に動かせるってくらいしか分からん。あとは――これか」

額を露出させ、聖印によく似た黒いアザを見せる。それと念のため、一部の情報は伏せて答えた。コイツのことを完全には信用していないからだ。

「成る程。なら、あれが近いか」

フランチェスカは俺の額をまじまじと見て頷《うなず》いてから、指を鳴らすと、辺りを浮かんでいた本の中から一冊がふわりと動き、俺の前で止まってページがめくれだした。

そして、あるページで止まる。

「その本は、過去の勇者に討伐された〝魔人〟に関する記述書だ」

「魔人？」

「〝魔族〟の人型のものを魔人と言う。彼ら彼女らは魔族と同様、人と敵対してながらく、現在も人々の生活を脅かしている。知能が高く人との会話も可能、しかし、魔人は人と協調することを好まない。それがなぜかは未《いま》だに分かっていないが」

「で、それが俺とどう関係してるんだよ」

「まあ聞きたまえ。確かに、魔人が人と手を取り合ったことはない――表向きには」

フランチェスカは続ける。

「一度だけ、例があるのだよ。人と魔人の心が通じ合った前例がね」

「なるほどな。それで、それがなんだ？」

それを聞かされたところで、魔人に興味もない俺はふーんとしか言いようがない。これを聞いたのが勇者教会の人間とかだったらバッシングの嵐になるだろうが、俺はどうでもいいし。

「ふむ、分からないかね？　その本のページを見てみたまえ」

言われ、俺は本に目を向けて。

「……！」

それを見て、思わず息を呑《の》んでしまった。

そこには、特に特筆したことは書かれていない。過去に人と仲良くできた魔人がいて、結果的に勇者に討伐されてしまった、という短い記述だけだ。

だが、そのページには他に一枚の写真が載っていた。暗い場所で、魔人の顔すら写ってなく、後ろ姿が写っているだけの写真。

その、わずかに写った写真の中、魔人の露出した左手の甲。

俺のとよく似ているが、紋様がわずかに違う――〝黒い印〟が、そこに刻まれていた。

◇

「……これは」

「君のそれは、かつて魔人にもあったものとよく似ている。ならば、私が思うことは一つだけだ――君は本当に〝人間〟かね？」

フランチェスカはキセルで煙をふかし、鋭い視線を俺に向ける。

「……当たり前だ。俺は角も翼もない。どうみてもイケメンの人間だろ」

「見た目は人間にしか見えない魔人もいたようだ。君が違うという確証にはならない」

「んなこと言われても……」

俺が魔人？　意味分かんないんだが。それに――

「第一、このアザが出てきたのは最近だ。別にずっと前からあったわけじゃない」

「……ふむ、それもそうか。まあ半分冗談だったけども」

あっさりと引き下がるフランチェスカ。冗談かよ。

「私は君が人間か魔人かどちらでも構わないが……それは置いておいて、その倒した魔人らしき女性が関係しているのは間違いなさそうだ。何か他に情報は？」

「……いや、特にないな」

フランチェスカは「じゃあお手上げだ」と両手を挙げる。

「他には、勇者の聖印が一番近い。黒色は聞いたことないけども」

「それは困る。それだけはマジで」

今さら勇者だなんて冗談じゃない。だから絶対にこれは聖印じゃない！　ぜったい!!

「まあ、それは君の勝手だから構わない。ならどうだろう、私に君の身体《からだ》を調べさせてくれるなら、必ず解決すると約束するが――」

「遠慮しとく」

秒速で拒否ると、「そうかね……」とずどーんと落ち込むフランチェスカ。

ってか、結局振り出しに戻っただけで何も分からなかったんだが。このよく分からん力が更によく分からんってことしか分からなかった。逆に考えればよく分からんことが分かったとも解釈できる。

「それで、用件はそれだけかね？」

「あ、いやもう一つある。完全に忘れてた」

そうだった、どちらかと言えばそっちの方が急務なんだった。

このアザについてはもう置いておく。ここに来て分からないならもう何しても意味ないと思うし、いくら考えても答えが出ないなら考えないのが俺だ。思考放棄ともいう。

それより、ここに来たのはアザについてもそうだが、ラフィネたちについて聞くという目的で来たのも大きい。解決しなきゃいつまで経《た》っても心が休まらんからな。

俺はラフィネたちが何で俺を見つけられるのかについて聞いた。ラフィネが千里眼を持っていることも伝え、対策をしているのに見つかるのはどうしてだと。

すると、フランチェスカは考えるように顎に手を当てて。

「ふむ、それは愛だね」

と言った。大真面目な顔で。

「は？」

「愛だよ愛。恋とも言う。この世でもっとも美しいものだよ」

「は？」

俺は聞き返した。何言ってんのこいつ？

一から説明しろと目で訴えると、フランチェスカは面倒そうに肩をすくめる。その「やれやれ……」みたいな顔やめろ。めっちゃムカつくから。

「つまり彼女たちは愛があるから、君を見つけることができているんだ」

「さらに分からなくなった」

抽象的すぎるだろ。もっと分かるように説明してください。

「じゃあ一から説明しよう。そもそも生命とは」

「待て、それは一からすぎる。要点だけを教えてほしい」

「わがままだな君は」

原初の部分から教えろとは言っていないだろ。何時間かかんだよそれ。

「なら……運命について、少し話そうか」

「運命？」

「ああ、運命とはつまり『理を超えた存在によって生物の幸・不幸、出来事があらかじめ決まっている』という意味の言葉だ。全ての生命の行動、巡り合わせは偶然ではなく、必然で決まっているとする考えのことだね」

「ほう」

なるほど、分からん。

「これを前提に考えると、人と人との出会いはすべてが必然であり、運命に導かれた結果ということになる。……ま、実際はそれが必然かどうかなんて私たちには知るよしもないが」

「じゃあそんな壮大な話すんな。頭こんがらがっちゃうんですけど」

「待ちたまえ、大事なのはここからだ。運命なんてものは結局あるかどうかすら分からない。だが……実際に、人との出会いを必然にする魔法は存在する」

フランチェスカは弁舌をふるう。

「その魔法の名前を――《千里眼》。探知魔法の最上位魔法であり、使い手が数少ない魔法」

「っ……！」

「一般的に知られているのは物や人を探すことができる、という点だけだ。だが、それに加えて千里眼には〝愛する人との運命を繋《つな》ぐ力〟があるとされている。魔術原理も何もなく、美しいストーリーのように導かれる。それは間違いなく運命といってもいいものだ」

フランチェスカは「匂いとか感覚で分かるらしい」と続けた。

「だから、彼女は君がどこにいても見つけることができる。それは純粋な愛で、君のことを一途《いちず》に想《おも》っていなければなしえない奇跡だ」

その言葉にモヤモヤと気持ち悪い感情を覚え、忘れようと首を振り、そこで気付く。

「……待て、じゃあなんでイヴとレティにも見つかるんだ。あいつらは千里眼なんて持ってないはずだろ」

「うん？　いや、別にその千里眼を持ってる子が教えればいいだけじゃないかね？」

「まあ……確かに、そうだな」

当然だろう？　と言いたげな顔。考えてみればそうだった。

「いい子だと思うよ。君のことが何よりも好きなのは間違いない。千里眼の〝繋ぐ力〟は真に愛する人にしか発動しないようだし……千里眼を女性しか使えないのはそれが理由かもしれないね」

「……ちょっと待ってくれ。いま、なんて言った？」

「ん？　『いい子だと思うよ？　君のことが』——」

「いや、それより後だ。千里眼を女性しかなんとかって」

「ああ……そうだが。知らなかったのかね？　千里眼はこれまで、女性しか使い手がいない魔法だ。男性の使い手は聞いたことがない」

その言葉に、愕然《がくぜん》とした。

だとしたら俺が使えるこの、千里眼モドキは……何なんだ？

ラフィネの千里眼とは違って、俺のは人物限定だし……もしかして違う魔法になっているのか？　術式を真似《まね》ただけで使えたのは確かにおかしいけど——。

考えてみても答えが出ない。なんだこれ、気持ち悪い力が増えちゃったんだけど。

俺がうんうん唸《うな》って頭を悩ませていると。

フランチェスカはそんな俺の肩をツンツンとつつき、こう言った。

「それより君、いいのかい？　探しに行かなくて」

「うん？　ああ……そう簡単に見つけられないからな。余裕だ、よゆー」

ラフィネたちとの勝負のことだとすぐに理解する。ってか、盗み聞きすんなよ。

「そうかね。なら、これを見たまえ」

どこか嫌な悪寒が背筋を伝う。

フランチェスカは指を鳴らし、映像を空中に投影する。

そこに映っているのは、何やら既に集合場所に集まっているラフィネ、イヴ、レティの姿で――

「ああ、もっと早く言えばよかったかね。まあ、彼女たちがこんなに早いとは私も思わなかったが……うむ、まあなんだ。そういうこともある」

ポン、と肩を叩《たた》かれる。が、俺はその映像を呆然《ぼうぜん》と見たまま。

ラフィネ、イヴ、レティたちはまるで、既に仕事を終えたかのように休憩していた。

それぞれ、事前に渡した探す本リストを持っていて、各自数個ほどのチェックが入っている。加えて、三人のリストすべてを合わせると、なんと全部にチェックが入っているようだ。

つまり、アレだ。どういうことかというと。

「……嘘《うそ》だろ」

俺の負けが確定した、というわけで。

◇

翌日、俺は激しく後悔していた。

「あああああああああ吐く吐く吐くって！　と、とま、止まれれれれれれれれれれ」

「兄ちゃんやるねえ！　〝走鎧鳥《そうがいちょう》〟のフルスピードに振り落とされねえやつは十年ぶりだぜ！」

「ジレイ様！　頑張って下さいー！」

全身にすさまじい風を叩きつけられ、観客席からの応援の声を聞きながら、せり上がる吐き気を必死で抑える。

俺はいま、風と同化していた。いや、もはや俺が風そのものと言ってもいい。

そのくらい、俺と俺が乗っている走鎧鳥（鎧《よろい》のような鱗《うろこ》が特徴のでかい鳥。名前はハナちゃん、二才♀）はフルスピードで地面を駆けていた。手綱を必死に握りしめた俺をぶわんぶわんに振り回し、もはや頭はぐらんぐらん。平衡感覚でろんでろん。死ぬ。

数十分後、ようやく解放された頃にはもう何が何だか分からなかった。え、俺生きてる？

「凄《すご》いですジレイ様！　かっこよかったです!!」

「そ、そうか……うぷっ、な、ならよかった……」

キラキラした目で俺を見るラフィネに、やっとの思いでそう返す。このクソみたいな体験をさせてくれやがった【走鎧鳥とのわくわくふれあいコーナー☆】の従業員であるおっさんも、「これは逸材が現れたぞ！」とスカウトの話を持ちかけてくる。絶対やらん！

「では！　次はあっちに行ってみましょう！」

「ちょ、ちょっと待っ、少し休ませ……」

「わあー！　見て下さい！　あそこに竜がいますよ！　【竜に乗れるアトラクションはここだけ！】……行きましょうジレイ様！」

「か、勘弁して……」

めちゃくちゃ楽しそうな顔をしているラフィネに、繋いだ手をぐいぐいと引っ張られる。

どうしてこうなったのか。それは、ラフィネが昨日の『本を誰が一番見つけられるか対決』で一位になり、俺が最下位になったからだ。

戦績はラフィネが三、イヴが二、レティが一。で、俺が〇。

ラフィネとイヴは探知魔法を使って探し出し、結果的に探知魔法の練度でラフィネに軍配が上がったのか、イヴは一冊差で負けていた。相当悔しがってたのは言うまでもない。

あと、レティはどうやら目視で探してたらしい。それで一冊見つけられたのやばくない？

完全に想定外。全員で探しても一冊すら見つからないかもと思っていたのがコンプリート。依頼主のお偉いさんもたいそう喜んでいたようだ。俺は悲しみに包まれていたが。

なので、不本意ながら最下位となってしまった俺はいまこうして、一位になったラフィネのお願いを聞いている最中ということである。

いったいどんなヤベえこと言われるんだと身構えた俺にラフィネがお願いしたのは、『一日、二人きりでデートする』という何とも可愛《かわい》らしいものだった。

まあそれならと軽々しく承諾すると、じゃあさっそく明日にでもという話になり、リヴルヒイロの【一般区域】で開催している【勇者体験アトラクション】でいまこうして色々なところに引きずり回されていた。

色々な体験ができる施設らしく、過去の勇者が乗りこなしたという走鎧鳥や小型の竜種の試乗体験のほか、お店には子供向けの聖剣のレプリカ、数多くのグッズが揃《そろ》っている。

周りを見渡すと親子連れが多い。やはり、勇者は子供が憧れるだけあって大人気だ。

行ってみたい、とラフィネが言うから来てみたが、なかなか力が入っていて面白い。さすがは勇者を支援している国である。アトラクションは過激すぎるけど。

ちなみに、ラフィネは《変幻の指輪》を使って姿を変え、黒髪になっているから大きく騒がれることもない。だが、その可愛らしい容姿もあり、すれ違った人がこっそり見てきて「あんな目が濁った男になんで……」と歯噛《はが》みしていた。余計なお世話だ。

あまりこういうことをしたことがないからかラフィネのテンションは高く、初めてのことに目をキラキラさせて楽しんでいた。朝から休む暇もなく動いている。

だが、それとは対照的に――

「？　どうしました？」

「……いや、何でもない」

俺は誤魔化すように目線を逸《そ》らす。……うん、ついてきてるわ。そして、何気なく頭をかく仕草をしながら後方を少しだけチラリと見やった。

「――イヴー、これ美味《おい》しいぞ！　食べるか？」

「――レティ、静かにして。それはあとでもらう」

「――分かった！　でも、二人きりって言ってたから来ちゃだめなんじゃないのか？」

「――別に、これはわたしたちが個人的に来てるだけ。何の問題もない」

「――うーん？　そうなのか？」

結構離れた位置の建物の影で、身体《からだ》を隠しながら顔だけを出し、こちらを覗《のぞ》き見ながらこそこそと会話をしている少女たち――イヴとレティ。

「――でも、たぶん見つかったら怒られるぞ？」

「――大丈夫。変装は完璧。だからバレることはない」

「――そうかー、分かった！」

レティは屋台で買ったであろうお菓子をもぐもぐと頬張る。イヴは胸をはって自信満々

だ。少しドヤ顔にも見える。

だが。

「お粗末すぎじゃん……？」

控えめに言って変装が下手くそすぎた。

イヴはつばの長い帽子を被《かぶ》って髪型と服装を変えて〝めがね〟を装着しただけだし、レティはお嬢様のような服装をして髪を二つに縛ってツインテールにしているだけ。あれでバレないと思っているのがやばい。

加えて、明らかに変な挙動をしているから周囲から怪しまれている。完全に不審者だった。

「ラフィネ、ちょっと」

「はい！　何でしょう？」

「さっきからついてきてるやつらのことだが……」

「え？　ついてきてる方……？」

きょとんと首をかしげるラフィネ。マジで？

どうやら、気付いていないらしい。さっきからレティがほとんど声を抑えないせいで聞こえまくってんのに気付いてないとかある？

「それよりっ、もっと遊びましょう！　今日は二人きりですからね！」

「っおい!?　くっつくなって！」

俺の腕を取り、身体を寄せるラフィネ。ニコニコと楽しそうな顔をしている。

「──わはは！　イヴすごい顔してるぞ！」

それと共に、後方からそんな声が聞こえてくる。ギギギと何かに力を籠《こ》める音のあとに、ベギギィ！　と壊れた音もした。

……一体どんな顔してるんだろう。怖くて後ろ振り向けないよ？

「──ジレイ様」

「ん、なんだ？」

「すみません、走りますね」

顔を向けると同時、ラフィネは俺と手を繋《つな》いだまま、急に走り出し──っておい!?　何だよ急に!?

戸惑う俺に構わず、ラフィネは十字路を曲がり、そのままの勢いで路地裏に入っていく。

そして、入ると同時にすぐ近くの物陰に姿を隠して。

「しっ……静かにしてください」

俺の口を塞ぐように人差し指を当ててきた。

「お、おい……」

何なんだ、と目で訴えるも、ラフィネはイタズラげに笑うだけで答えてくれない。

……というか、近いんだが。狭い物陰に姿を隠しているせいで身体はほぼ密着状態だし、顔もめちゃくちゃ近い。ラフィネの吐く息が頬に当たるほどの距離。

「――行ったようですね」

少ししてラフィネは身体を起こし、ふうと小さく息をつく。

その視線の先には、突然俺たちがいなくなって慌てて捜しているイヴとレティの姿。

ああ……そういうことか。なるほど。

「なんだ、気付いてたのか」

「ふふ、気付かないわけないじゃありませんか」

くすくすと笑うラフィネ。そりゃそうか。普通気付くわな。

「ですが……強引に連れてきて申し訳ありません。痛くなかったですか？」

「いや、別に大丈夫だ。驚いたけどな」

頭を下げるラフィネに、俺は少し笑って返す。

「ってか、なら最初からか？」

「はい、気付いてました。途中からはイヴの反応が面白くて遊んじゃいました」

「まあ、あれはなあ……」

あまりにも分かりやすかったからなあ……。

「あ、別に咎《とが》めるつもりはないですよ？　だって、私だってイヴの立場ならそうしますもの」

　ラフィネは「だから、実はイヴたちと一緒でもよかったんですけど」と続ける。

「でも、せっかくですから……こうして、ジレイ様と二人きりになりたかったんです」

　少し恥ずかしそうに、ラフィネは微笑《ほほえ》んだ。

　その顔は、嘘《うそ》偽りないことが一目で分かるほどに純粋で……綺麗《きれい》な笑顔。

　──だから、彼女たちは君がどこにいても見つけることができる。それは純粋な愛で、君のことを一途《いちず》に想《おも》っていなければなしえない奇跡だ。

　ふと、フランチェスカの言葉が頭に過《よぎ》る。

　純粋な愛、か。

　きっとそれは正しくて、何よりも美しいものなんだろう。

　だが、だけど、だからこそ──分からない。なんで、俺なのかが。

　俺は、ラフィネたちの想いを「勘違いだ」と突き放して逃げた。俺が過去にしたことはただ俺のためにしただけのことで、打算だけしかなかった俺は、尊敬も好意も名誉も受け取るべきじゃないと思ったから。

　失望してすぐに諦めると思った。でも、諦めてくれなかった。

　それでも俺は、ラフィネたちのその考えは間違いで勘違いだから、と突き放した。そうであるべきと考えて、無責任に目を逸らしていた。

……だけど、いくら何でもここまでされれば俺にだって分かる。ラフィネたちのその想いが勘違いだったとしても、純粋で強く、嘘偽りのない本心であることくらい。

だから――もう、無理だ。

これ以上は言い訳できない。

面倒だからと逃げずに、俺はちゃんと向き合わなくちゃいけない。

俺のために……何よりも、ラフィネたちのために。

「では！　二人きりを満喫しましたのでイヴたちと合流しましょうか！　あ、でもその前に、最後に行きたいところが――」

「ラフィネ」

明るい顔で俺の手を引っ張ろうとするラフィネに、声をかける。

上げられたラフィネの顔はすごく楽しそうで……それを見て、ちくりと胸が痛んだ。

ある意味、この機会はちょうどよかった。神がいるとしたら、向き合うべきだと場を作ってくれたのかもしれない。……本当、心底やりたくないけども。

俺は繋いだままの手をゆっくりと振りほどき、言った。

「話がある」

数十分後。俺たちは路地裏から移動し、ある場所に来ていた。

「わあ……いい景色ですね！　風がきもちいいです！」

「……ああ、そうだな」

景色を見てはしゃぐラフィネに、俺は空返事をする。

ここは時計塔。リヴルヒイロの中心部に立てられた、街を一望できる場所。

その最上階にいる俺たちは、美しい街並みを眺めながら、時折ふわりと吹く風に髪を揺られていた。

周りにはちらほらと他の観光客もいて、俺たちと同じく街を眺めて感嘆の息を漏らしている。

ラフィネが最後に行きたい場所と言うことで来てみたが……俺がその景色を見ることはほとんどなかった。他のことを考え込んでいて、見る余裕がなかったからだ。

そんな俺にラフィネはお礼を言ってくる。

「今日はありがとうございますっ。こんなに楽しかったのはジレイ様のおかげです！」

「いや、俺は別に……連れられてただけだしな」

ラフィネはこう言ってくるが、俺は何もしていない。ただ言われるままに連れられていただけで、楽しませようと努力したわけでもない。

なのに、ラフィネは俺のおかげだと言う。

俺と一緒にいるだけで、嬉《うれ》しそうな表情を浮かべる。

……ああ、駄目だ。もう無理だ。限界だ。

こうしてお礼を言われる度に、酷《ひど》く嫌な気分になる。胸の中で言いようのない感情が渦巻いて、いまにも逃げ出したくなってしまう。……でも、できない。しちゃいけない。

「ラフィネ」

だから、俺は口を開いて、無理矢理に言葉を吐き出した。

「言わなくちゃいけないことがある」

「何でしょう？　あ、もしかして結婚の件ですか？　それなら既に準備は終わって——」

「大事な話だ」

「…………大事な話、ですか」

真《ま》っ直《す》ぐに瞳を見て話す俺に、ラフィネはその雰囲気を感じ取ってくれたのか、茶化すのをやめて唇をぎゅっと引き締める。真剣な顔で、俺の言葉を待ってくれる。

間違いなく、ラフィネは魅力的な女性だ。

これほど一途に想ってくれて、自分の身を投げ出してでも尽くしてくれる。けれど俺に依存するでもなく確かな芯の強さもある。人としても女性としても、魅力的じゃないわけがない。

でも……だから、魅力的だからこそ——俺と一緒にいちゃいけない。

「……俺は、クズで怠け者のどうしようもないやつだ」

ぽつりと、言葉を吐く。

「めんどくさいことはやりたくないし、できることなら一日中寝て過ごしたい。自分のことしか考えない上に、面倒なことからはすぐ逃げ出すクズだ。力があっても、俺は俺のためにしか使わないし動かない。普通、嫌われてしかるべき人間だ」

ラフィネはただ、黙って聞いていた。

「だから、分からない。なんで俺に惹《ひ》かれるのかが……理解できない。ラフィネも、イヴも、レティもウェッドもカインも……なんで俺みたいなクズに惹かれるのかが、心底理解できない。……全部、お前たちの勝手な勘違いだって言ってるだろうが」

ラフィネは何も答えない。

ちくりと痛む胸を押さえて、俺は言葉を続ける。

「もう、うんざりなんだよ。お前たちが慕ってくるせいで、俺は自分が詐欺師になったかのような感覚になる。あるわけもない虚像の俺を押し付けられて、息苦しくなる」

俺は、ただのD級冒険者だ。腕っ節が強いだけの怠けることしか考えていない人間だ。ラフィネたちが思うような英雄なんかじゃない。

「俺のことが好きだって？　どこを見たらそうなるんだ？　こんな無愛想で面倒くさがりで、好意を受け入れもしないやつのどこを好きになるんだ？」

強い口調で吐き捨てる。突き放すように、切り捨てるように。

「俺は、誰かを好きになったことなんてない。大切な人もいないし、大事なのはいつだって自分自身だけだ。それ以外はどうだっていい。助けたのだって、ついでに過ぎない」

俺にはラフィネたちのその感情が分からない。好きだの愛だのの感情が分からない。

だから、俺はラフィネたちの気持ちには答えられない。

自分が誰かを好きになる未来が見えないのに、付き合うとか結婚だとかは不誠実だ。ラフィネたちの気持ちが真剣で本気なものであるほど、軽薄で責任感のない俺には釣り合わない。釣り合ってはいけない。

「……そう、ですか」

うつむくラフィネに、胸が軋《きし》むように痛んだ。今すぐにでもこの場から逃げ出したくなった。

でも、それだと今までと同じだ。また繰り返すだけだ。

嗄れた喉から、突き放す言葉を吐き出した。

「だからもう………俺に、構わないでくれ」

息を、小さく飲み込んだ音が聞こえた。

うつむいたままのラフィネは、何も言わなかった。数分、ただじっとうつむいていた。

表情はうかがえない。

だが、ぎゅっと摑《つか》んだ服の裾にできた深い皺《しわ》が、ラフィネの感情を物語っていた。

……これでよかった。

はっきりと拒絶しなければ、俺のためにもラフィネのためにもならない。ずっとこの関係を続けて、俺に失望して後悔してからじゃ遅い。取り返しがつかない。

俺は、「責任を取って付き合う」なんて表面上だけの解決はしたくない。ラフィネに対する気持ちがないのに、嘘をついて付き合うことはできない。真剣なラフィネに対して、それは不誠実すぎるから。

「もっと早く言うべきだった。……悪い」

うつむいたままのラフィネは、答えない。

少しして、口を開いた。

「……いやです」

拒否の言葉。

ふるふると首を横に振り、拒絶の意を示していた。

「いや、じゃない。この先、俺といても――」

「勘違いなんかじゃ、ありません」

「……はあ？」

顔を上げたラフィネは、唇をぎゅっと結んで、真っ直ぐに俺を見上げる。

「勘違いだ。俺は、清廉潔白でクールで優しい、絵本に出てくる王子みたいなやつじゃない」

「いえ、勘違いじゃありません」

頑《かたく》なに、ラフィネはそう主張した。

「最初は、少しイメージと違うかもと思ったこともあります。ですがこうしておそばにいて、それが誤りだと気付きました。ジレイ様の優しさは昔出会った時のままで、むしろ、今のジレイ様を見てますます好きになりました。だから……勘違いじゃありません」

「……いい加減にしろ。それはお前が勝手に思ってるだけだ」

「いいえ、違います。ジレイ様はお優しい方です」

ラフィネは、はっきりと俺の言葉を否定する。

「俺はお前の思ってる俺とは違う。クズで責任感もないただの――」

「では、なんでもっと――拒絶なさらないのですか？」

ラフィネは強い眼差《まなざ》しを俺に向けた。

「なんで、わざわざこうして言ってくれたのですか？　なんで、何も言わずに去らないのですか？　どうして――私のことを、気遣ってくださるのですか？」

「………それは……」

「教えて下さい。ジレイ様が責任感がなくて自分だけを考えているお方なのであれば、どうして……そんなにも、傷つけないようにしてくださるのかを」

　言葉が、すぐに出てこなかった。

　絞り出すようにして返答を吐く。

「……それは、俺のためだ」

「俺のため？　どういうことでしょうか？」

「俺が、気分悪くなるのが嫌だからやってる。だからそれは、俺のためだ」

「……そうですか。では、私がしていることも全部自分のためになりますね。落とし物を届けるのも誰かの手助けをするのも、私がやりたいと思って、私のためにしているんですから」

　答えようとして、吐息だけが漏れた。否定したくても、言葉が吐き出せない。

　時計塔に吹き付ける風に髪を靡《なび》かせながら、ラフィネはくすりと笑って。

「少し、昔話をさせて下さい」

　懐かしげに、語り始めた。

「昔、私が小さかった頃……ジレイ様と秘密基地で出会って、少し経《た》った頃のことです。その日、私はジレイ様にあるものを渡しに行きました。何だと思いますか？」

「……」

「正解は、誕生日の招待券です。もちろん私のですよ？　あの頃の私はジレイ様にどうしても来て欲しくて、下手な字で書いた招待券を作って渡したんです。『たんじょう日だからしょうたいしてあげる！』って自信満々に誘って……」

ラフィネは、「ふふ、思い出したら少し恥ずかしいですね」と微笑《ほほえ》む。

「ですが結局……断られてしまいました。『用事があるから行けない』と。もちろん私はむくれましたよ。なんで来てくれないのって、ずっと不機嫌になってましたね」

「……」

「誕生日当日、お父様は別宅の大きな部屋で誕生日パーティーを開いてくれました。人も、たくさん来てくれて、みんながお祝いしてくれたんです。ですが、お父様がお仕事で席を外されると……一人、また一人と席を外し始めて――最後は、誰もいなくなってしまいました」

ラフィネは少し悲しげに瞳を揺らし、続ける。

「みんな、お父様にしか興味がなかったんでしょう。お転婆でいつも問題を起こしてばかりで、別のお母様から生まれた私のご機嫌取りは、したくなかったんだと思います」

「……」

「『寂しくない』、『こんなの毎年のことだ』と強がっていました。でも、本当はすごく寂しかったし、悲しかったです。料理はたくさん並べられているのに部屋には私一人だけで、どうしようもなく寂しくて、泣きそうになりました」

ラフィネは「でも……そんなときにです」とぱっと顔を上げて。

「ジレイ様が、来てくれました」

「ッ……！」

「コンコンと窓がノックされて、見てみたらジレイ様がいました。用事を早く切り上げてきたから、と来てくれて、許可を取らずにたくさんの料理を両手いっぱいに持って食べ始めて……私はそれがおかしくて、思わず笑ってしまいました」

口に手を当てて、ラフィネはおかしそうに笑う。

「寂しさはもうありませんでした。ジレイ様が来てくれたことが嬉《うれ》しくて、一人じゃないことが楽しくて、鬱々《うつうつ》とした気持ちなんて吹っ飛んじゃいました」

くすくすと笑みを零《こぼ》し、続ける。

「おそらく、その頃から私は好きになっていたと思います。はっきりと自覚したのは、盗賊団に攫《さら》われて助けて貰ってからなのですが……本当、子供ながらに色々とアタックしていましたね。『けっこんよやく』とか……ふふ、懐かしいです」

「……」

「ジレイ様は、独りで寂しかった私を助けてくれました。絵本に出てくる王子様みたいに、私の心を優しく解かして下さいました」

ようやく、俺は口を開いて、言葉を吐き出す。

「…………勘違いだ。お前は助けられたからそう思ってるだけだ。俺は、勇者になるために お前を助けたにすぎない」

「違います。助けられたから、だけじゃありません」

「いい加減にしてくれ。勘違いだって言ってるだろ」

「いいえ、違います。ジレイ様の良いところは昔と変わってません。こうして再会して、もっともっと好きになれたんですから。勘違いじゃありません」

何を言っても、強情にそう返される。まったく引くことなく、ラフィネは俺に反論してくる。

「お前は、俺のことを分かってない。そうであって欲しいと虚像を描いてるだけで、本当の俺が見えてない。本当の俺はめんどくさがりで、どうしようもないやつで──」

「そんなこと、知っています」

ラフィネは俺の瞳から目を逸らすことなく、優しく微笑む。

「ジレイ様が、昔から面倒くさがりな方で、言葉が荒くて働きたくない方だなんて、子供のときから知っています」

「は？　じゃあなんで……」

「それもぜんぶ含めて、好きなんです。少し抜けていて、人のことは気にしないと言いながらも実は少し気にしていて、冷たくしながらも気にかけて優しくしてくれる……そんなジレイ様が好きなんです」

「……止《や》めろ」

　口から、かすれた声が出た。

　頭の中がぐちゃぐちゃに掻《か》き乱される。もう聞きたくない。やめてくれ。

　だが、俺の制止は届かず、ラフィネは言葉を吐き出す。

「ジレイ様は、私が助けて貰《もら》ったから好きになっただけ、と思っているかもしれません。ですがそれは大きな間違いです。私は――」

　ラフィネは俺を真っ直ぐ見て、はっきりと言った。

「ジレイ様だから、好きになったんです」

「…………」

「私だけじゃありません。イヴも、レティさんも……ジレイ様だからお慕いするんです。もし助けてくれた方が悪人だったら、感謝はしてもそこで終わりだったでしょう。少しズルをしても、誰かを不幸にすることは絶対にしなくて、口では否定しながらも誰かを幸せにするお優しいジレイ様だから、お慕いするんです」

「俺は、優しくしてるつもりなんてない」

「ええ、ですからジレイ様はきっと、勘違いをしています」

「……勘違い？」

「ジレイ様はお優しい方です。私を含め、お慕いする方がたくさんいるんですもの。優しくないわけがありません」

「……」

「本当に、ジレイ様は不思議なお方です。どうしてそこまで否定するのですか？」

「……なんとなく嫌なんだよ」

　自分が誰かに感謝される人間、と考えるとモヤモヤする。好き勝手に生きている俺に感謝されてもピンとこない。だからそれを受け取るのは何か、違うような気がしてしまう。

「いくら言われてもこれが俺だ。変わるつもりもない」

「ええ、ジレイ様に変わって欲しいとは思っていません。私が望むのはジレイ様のおそばにいさせて欲しいということだけですから」

「それが嫌だって言ってんだ。俺は一人で生きていける。お前は必要ない」

「確かにジレイ様はお強いですね。誰にも頼らずに何でもできる力があります。誰よりも強いジレイ様なら、きっとこの先も助けなんて要らないんだと思います」

「そうだ。俺には必要ない。だから」

　ラフィネは「ですが」と遮って。

「もしジレイ様が辛《つら》くて倒れそうになってしまったとき、支えられないのは嫌なんです」

　ラフィネはそう言った。

俺を、支える？　何を……言ってるんだ。

「たった一人で生きるのは怖くて、寂しいです。どんなことにも挫《くじ》けずに自分で何とかしなければいけません。私には……いえ、おそらく多くの人には無理だと思います」

「……俺は強い。支えなんて必要ない」

「ジレイ様がいくら強くても未来のことは分かりません。つらいことが起きて倒れてしまうかもしれません。それはジレイ様にも、私にも分からないことです」

「……もしもの話だろ」

「はい、そうですよ。でも――そうならないとは、言えません」

　机上の空論だ。

　ラフィネはただ屁理屈《へりくつ》をこねているだけだ。

「ときどき、強いはずのジレイ様が弱く見えることがあります。一人のときのジレイ様を見ると、すごく小さく見えて、目を離したら消えてしまいそうで……心配になるんです」

「……勝手な思い込みだ」

「はい。これは私の勝手な思い込みです。ですが心配なので、ジレイ様に嫌がられるのを承知の上で追い掛けて迷惑をかけています。申し訳ありません」

「悪いと思ってんならやめてくれ」

「結婚してくれたらやめます。どうしても止めたいなら、私を殺してください」

「ぐっ――！」

両手を広げて、無防備に目を瞑《つぶ》るラフィネ。ふざけるな……！

「馬鹿なのか？　なんでしなくちゃいけない」

「どうしてですか？　ジレイ様は邪魔をする方には容赦なく動けるはずです。たくさんご迷惑をかけている私を殺す理由はあるでしょう？」

「………ああ、そうかよ。ならお望み通り――殺してやる」

魔力を展開させる。周囲の観光客が俺の魔力に触れただけで倒れ、恐怖に顔を歪《ゆが》めた。それだけの魔力を空気中に放った。

殺してください？　ふざけたこと言いやがって。俺ができないとでも思ってるのか？

黒剣を取り出して柄《つか》に手を当てる。

こいつは敵だ。俺の邪魔をする敵でしかない。

なら――敵は、排除しなければならない。

対峙《たいじ》するラフィネは目を瞑ったまま動かない。魔力に当てられて倒れることもなく、俺の前に立っている。恐れていないのかそれとも馬鹿なのか、震えてすらいない。

いつでも殺せる。

俺が剣を抜くだけでラフィネは死ぬ。

この世から、跡形もなく排除できる。

俺は綺麗《きれい》な人間じゃない。これまでに何度も人を殺した。同じことをするだけだ。

……そう、分かってはいるのに。

剣を握る手が、震えた。

少し剣を振って殺せばいいだけなのに力が入らない。鞘から抜くことすらもできず、気持ち悪い汗が流れて動悸《どうき》が激しくなる。

どうして、殺せない。

なんで、俺の身体《からだ》のはずなのに動かない。

「やっぱり、ジレイ様はお優しいですね」

ラフィネはそんな俺を見て、妄言を吐く。まるで俺のことなんて何でも知っているかのような顔で。ただ優しく微笑《ほほえ》む。

「意地悪しちゃいました。でも、ジレイ様が悪いんですよ？　こんなに言っているのに伝わらないんですもの」

ラフィネは「でも、ジレイ様になら殺されてもいいですね」とイタズラっぽく舌を出す。

「九年間、待ちました。もう、ただ待っているだけは嫌です。何もできずジレイ様がいないかもしれないと不安に苛《さいな》まれるのは嫌です。心配で怖くて、泣きそうになるのは嫌なんです。ですから、何度でも言います。ジレイ様が受け入れてくれるまで、何度だって言い続けます」

吹き付けた風が、《変幻の指輪》で変化した黒髪をふわりと揺らす。

ラフィネは俺を真《ま》っ直《す》ぐに見て、小さく息を吸って。

「好きです。大好きです。ジレイ様のことを、ずっとずっと昔からお慕いしています」

「…………う、ぐ」

一直線の好意。曇り一つない、純粋な気持ち。

正面からぶつけられて、ラフィネの強い想《おも》いを見せられて、たじろぐことしかできなかった。

言わなければ、拒否しなくちゃいけないと思っているのに、言葉が出ない。

胸の奥で何かが渦巻いていて、嘔吐《えず》きそうなほど息が苦しい。胸を強く押さえても痛みは変わることなく、消えてくれない。

何度も口を開いて拒絶の言葉を吐き出そうとしても、出るのは微《かす》かな息だけだった。

ラフィネは、優しく安心させるような声を出す。

「ジレイ様、お顔を上げてください」

「……」

「ジレイ様」

「……」

「……えいっ！」

「っ！　何して――!?」

強引に、顔を上げられた。ラフィネの姿が視界に入る。

「やっと、見てくれました」

ラフィネは、《変幻の指輪》を外して本当の姿に戻っていた。天使のような、白髪の少女になっていた。

「なに、やってんだ。こんな所で姿を晒《さら》すなんて――」

「大丈夫です。ジレイ様の魔力で、みんないなくなっちゃいましたし」

「だからって騒ぎになったらどうすんだ。危ないだろうが」

「ふふ、また心配してくれてます。やっぱりお優しいじゃないですか」

「うっ……」

くすくすと笑うラフィネから視線を逸《そ》らす。完全にハメられた。

ラフィネはそんな俺を見てツボにはまったのか、手を口に当てて堪えきれないといったように笑う。イタズラが成功して喜ぶ子供のようだ。

く……なんかムカつく。馬鹿にされてるワケじゃないが腹立つ。ちくしょう。

笑い終わったラフィネは、息を整えてからこちらに顔を向けて。

「ジレイ様、勝負しませんか？」

「勝負？」

そんな提案を持ちかけてきた。

「はい。ジレイ様はお優しいので、しつこい私を気遣ってしまいます。私はジレイ様のつらそうな姿は見たくありません。なので――」

堂々と、ラフィネは宣言するように指を向ける。

「今まで通り、逃げて貰って構いません。お気遣いもなさらないでください。行動を制限するつもりもありません。黙って姿を消してしまってもいいです」

「……は？」

何を言ってるんだ。そんな、俺に都合のいいことを――

「その代わり……私と勝負してください。逃げるジレイ様に私はアタックし続けます。その中で、ジレイ様への気持ちがなくなったら私の負けで、ジレイ様が私を好きになったらジレイ様の負けです。どうですか？」

「……なんだそれ」

乾いた笑いが出た。あまりにも馬鹿な勝負すぎて。

「いいのかよ。その条件だと俺が有利すぎるぞ？」

「構いませんよ。だって、負けるつもりはありませんから」

意気揚々と言うラフィネ。その顔は疑いもなく、自信に満ちあふれている。

「それに易々《やすやす》と渡すつもりはありません。だって、私とジレイ様は結婚する運命ですから！」

「……そうかよ」

「ジレイ様が選んだ方なのであれば構いません。もちろん嫉妬はしますし私が隣にいたいですけど、受け入れる覚悟はできています」

「もし、ラフィネ以外を好きになったら？　それでもいいのかよ」

「私がそれでいいと言っています。それに、たとえジレイ様が私を好きになってくれなかったとしても、絶対に後悔することはありません」

「俺に都合がよすぎるけどな」

楽しげに、前にも聞いたセリフを言うラフィネ。

……そうか、だからか。今日こうして想いを聞いて納得した。ずっとあんなにも過剰なアピールをしてきたのはわざとだったのだ。だから、結婚する運命とか正妻は私ですとか目のハイライトが消えてたりとかヤベえことしてきたのか——

と、思って聞いてみたが。

「なるほどな。だからあんなに過剰に接してきたのか」

「え？　いえ、それは違いますが……？」

違うらしい。あ、あれは素なのね。

よく分かっていなさそうなラフィネ。どうやら自分の行動に疑問はないようだ。えぇ……。

ラフィネからの提案は、あまりにも俺に都合がいい勝負。だが、それでもラフィネは構わないと言った。負けるつもりはありません、と。

なら、受けてやる。俺も負けるつもりはない。

が、だからといって不正をするつもりもない。普段はズルしまくりの俺だけど、正々堂々と戦って勝ってやる。

「本当にいいのか？　俺は強いぞ？」

「はい、望むところです！」

ラフィネは堂々と、正面からぶつかってくる。

自信に満ちた顔で、俺に勝とうとしている。

「――お、おい！　あれってもしかしてラフィネ様じゃないか!?」

「――じゃあ、あの男が会長が言っていた黒髪の……」

「――捕まえろオオォォ！」

「うおっ――」

そんなこんなしていたら、観光客たちが多数の憲兵を引き連れて戻ってきて、俺は慌ててラフィネの手を摑《つか》んで走り出す。って、出口塞がれてるんだけど!?　しょうがねえ――

咄嗟《とっさ》にラフィネを抱きかかえ、めちゃくちゃ高い時計塔から飛び降りる。

「ジレイ様！」

落下の風をもろに浴びてほぼ風と同化した俺に、抱えられたラフィネは声をかけて。

「私、負けませんので！」

その顔は子供みたいに無邪気に笑っていて、楽しそうで。

「……俺だって負けねえよ」

思わず、少しだけ笑ってしまった。この状況でも笑っているラフィネがおかしく見えて。

ラフィネは純白の髪を風に靡《なび》かせながら、大きく息を吸い込み。

俺に向かって、自信満々に宣言する。

「絶対――――好きになってもらいますからっ！」

エピローグ　帰り道

時計塔から華麗なる着地を決めて、帰り道。

少し薄暗くなった街道を俺とラフィネは二人並んで、馬小屋に戻ろうと歩く。

ラフィネがずっと話してくれるおかげか、会話は途切れることがない。といっても、俺は楽しそうに喋《しゃべ》るラフィネに相槌《あいづち》を打っているだけだが。

「おかえり、楽しかった？」

馬小屋に到着。わらにちょこんと座って本を読んでいたイヴは、何食わぬ顔でそう言ってくる。まるで自分ついていってませんけど？　と言っているかのようだ。

「はい！　すごく楽しかったです！　ね、ジレイ様！」

「お、おう……まあ、そうだな」

上目遣いで見つめられて、どこか気恥ずかしくて顔を逸らす。

そんな俺たちを見て、イヴはぱたんと本を閉じて。

「……何か、あった？」

じとっとした疑いの目で見てきた。

「な、なななな何もありませんでしたよ？」

「……嘘《うそ》、絶対何かあった。おかしい」

「そ、そんなこと――」

「話して」

距離を詰めてくるイヴ。圧がすごい。

結局、ラフィネの隠し事が下手くそすぎて詰問されたのちに全部話すことになった。

全部を聞いたイヴは、身体《からだ》をぷるぷるとわずかに震わせて。

「ずるい」

ぷくーっと目一杯に頬を膨らませまくるイヴ。

「ずるい、ずるい、ずるい。ずるいずるいずるいずるいずるい――」

「あ、あの。ちゃんと後でイヴにも言うつもりで……」

慌てまくるラフィネ。イヴは体育座りで隅に座り、子供のようにいじけている。

その後、なだめるも機嫌が直らないイヴが「私もレイと勝負する」と言って半強制的に承諾させられ、イヴとも同じ勝負をすることになった。

俺が、もしかしたら取り返しの付かない約束をしてしまったのでは？　と気付いたのはそれから少し冷静になってからだった。

「――そういえばレティは？　出かけたのか？」

「うん。呼ばれたから行ってくるって言ってた」

レティがいないことに気付いて聞いてみると、そんな答えが返ってくる。

呼ばれた……まあ、勇者だし色々と忙しいのだろう。絶対なりたくない。

「――……！――ししょー！」

と、噂《うわさ》をすれば帰ってきたようだ。俺は振り返り。

「帰ってきぶっ!?」

勢いよく俺の腹にダイレクトアタック。俺、飛ぶ。

「これ！　ししょー宛てだって！」

「お、おま……って、なんだこれ」

抗議しようとするも、レティが手に持っていた封筒に拇印《ぼいん》されたマークを見て中断する。

これは……勇者教会の？　なんで俺に？

何これ？　とレティに顔を向けるも、ニコニコしているだけで分からん。

「……？　開けろってか？」

よく分からんが封を開けて手紙を取り出した。

そのまま流し見して――


～勇者教会より招集のお知らせ～

勇者序列三位【才】の勇者――ルーカス・フォルテ・エーデルフ
勇者序列五位【攻】の勇者――レティノア・イノセント
勇者序列九位【呪】の勇者――カアス・エントマ
勇者序列十二位【運】の勇者――ノーマン

そこには、勇者への招集命令が書かれていた。

内容は、レティ、ルーカス、その他二名の勇者に、ある依頼の遂行のためにリヴルヒイロに来て欲しいというもの。

だが、俺が目を止めたのはそこじゃない。

この手紙、勇者への招集命令のはずなのに――

D級冒険者――ジレイ・ラーロ

「…………………は？」

――なぜか、俺も含まれていたからである。

閑話　儀礼剣

赤髪の男が佇《たたず》んでいた。

右手には華美な装飾が施された儀礼剣を持っている。男の周囲は木々に覆われていて、すぐ近くに朽ち果てた小さな納屋がある。長い間手入れをされていないのか、生い茂るツタが納屋の大部分を覆い隠して複雑に絡み合い、廃屋と化していた。

男は手に持った儀礼剣を見つめていた。

柄《つか》に埋め込まれた小さな紅玉。淡い白光を放つ剣。男にとってその剣は忘れようのない代物だった。それはかつて、愛する家族――弟が所持していた剣なのだから。

この剣が形を模しただけの魔力剣だとは理解していた。だが、剣は偽物でもそこに宿った魔力は見間違えようがない。淡く光る白い魔力は本物で、確かに弟のものだった。

『――え……本当に貰《もら》っていいの？』

脳裏に弟の姿が蘇《よみがえ》った。弟は寝台から身体を起こして、興奮した様子で目を輝かせている。

『――ああ、だが見つかるなよ。父上にバレたら俺が怒られる』

『──うん！　ありがとう兄さん！』

弟は嬉《うれ》しそうに破顔し、両手に持った儀礼剣を眺めている。

この記憶は……病弱で騎士の演習に参加できず、剣を与えられなかった弟を不憫《ふびん》に思った男が、自らに与えられた儀礼剣を贈与した時の記憶。羨んだ目で見る弟の気が晴れればと思い、埃《ほこり》を被《かぶ》って使用していなかった儀礼剣を渡している記憶だった。

男はわずかに表情を緩ませる。それは柔らかく、過去を懐かしむような微笑。

「お前は俺が羨ましいと言っていたな。いつも窓の外を眺めて、剣の鍛錬をする騎士たちを羨んでいた。まだ騎士になってもいないのに遠征に無理矢理ついていく俺の土産話を、楽しみに待っていた」

懐かしい記憶を思い返す。

「俺のことを自慢の兄さんと言っていた。剣も魔法も使えて勇気がある、俺みたいになりたいと言ってくれた」

輝かしい、だがもう戻ることはできない記憶。

「言葉にはしなかったが……嬉しかった。お前の期待に応えたくて色々と無茶もした。大型の魔物を狩ってきたことがあっただろう？　知らなかったと思うが、実は何度も死にかけた。見栄《みえ》を張って『余裕で倒した』と嘘をついたんだ」

男は頭を下げて「すまなかった」と謝罪する。

「お前が見ていたから俺は勇気を持てた。情けない姿は見せられないと、弱さを押し殺すことができた。……完璧で強い、騎士としての兄を、演じることができた」

不意に、小鳥のさえずりが聞こえた。男は顔を上げて、唐突に歩き出す。

「俺にはないものをお前は持っていた。俺はそれが羨ましかった」

男は呟《つぶや》きながら、森の中を進んでいく。

「それは、純粋さだ。人を想《おも》う心、優しさ……どれも俺にはない。いや、なくなった」

ふと、ある勇者を想起した。活発な性格をした桃髪の勇者。純粋に、損得勘定もなく人を助けたいと願うその姿は、どこか弟と似ている。

やがて森を抜け、開けた場所に出た。

視界に映ったのは青色の景色。透き通る水が一面に広がる、美しい湖。

風が吹き、水面に映る男の姿が歪《ゆが》む。揺れていた水面が徐々に落ち着きを取り戻していく。

男の表情が、水面に映し出される。

「そんなお前を今では――虫唾《むしず》が走るほど嫌いになった」

憎悪の表情。

歯を強く噛《か》みしめて、剣呑《けんのん》な目で水面を睨《にら》んでいた。右手で握りしめた儀礼剣が強い力に耐えられず、軋《きし》んだ音を響かせる。

「綺麗事《きれいごと》だけのお前が不快になった。お前の理想は俺には重く、何度も苦しめられた。……だから、すべて終わりにするはずだった。なのになぜ……今さら俺の前に現れたんだ」

男は胸を押さえた。湧き上がる何かを押し殺そうとしている。身を焦がす感情に耐えている。

不快な風が男の頬を撫《な》でた。赤い前髪がわずかに揺れて男の顔をくすぐる。森の中から聞こえるけたたましい小鳥の鳴き声がやけに耳障りに鼓膜を震わせた。

「俺は変わった」

空虚な声が響いた。

「昔の俺は消えた。かすかにあった純粋さも、強さも、すべて消えてしまった」

右手を胸の前に掲げる。持っていた儀礼剣の白光が水面に反射して輝いた。

何かが水に落ちた音がした。小さな音で、だが確かに。

男の手に儀礼剣はない。

色の無い瞳で沈みゆく白光を眺めて、男はやがて森の方へ踵《きびす》を返す。

儀礼剣は沈んでいく。深く深く、湖の奥底へ。

「俺はもう、戻れない」

白光の輝きはもう、届かなかった。

あとがき

三巻、お手に取って頂きありがとうございます。白青虎猫です。

いかがだったでしょうか……今巻は既存キャラの掘り下げを多めにと意識して執筆いたしました。どのシーンも書いていて楽しかったですが、特にラストにあるラフィネと主人公のシーンがお気に入りです。

次の巻では今巻で張った伏線を回収しつつ主人公が大活躍して、これまで以上に盛り上がるお話になりますので、楽しみにして貰えましたら嬉しいです！

三巻の出版に携わっていただいた皆様、深くお礼申し上げます。特にＷＥＢ版から応援してくださっている読者の皆様、本当にありがとうございます！　メッセージやご感想で温かいお言葉をいただき、いつも励みになっております。

ＷＥＢ版の更新が長らく停滞していて申し訳ありません……お待たせした分、めちゃくちゃ面白い物語をお届けしますので、もう少しお待ち頂ければ幸いです……！

りいちゅ先生、三巻も美麗なイラストをありがとうございました！　かっこかわいいイラストを頂く度に感謝の黙禱《もくとう》を捧《ささ》げています。素人目で恐縮ですが、もともとハンパなく素晴らしく神だったイラストがさらに神になっていて、僕ももっと文章力その他を向上させるために頑張ろう！　と勝手ながらやる気を頂いております。僕も上手《うま》くなるためにもっと書かなきゃ……まだまだ未熟で足りない所が多いので頑張ります。

担当編集様、いつもありがとうございます。作品のご相談に乗っていただいたり、色々と迷惑をおかけしたりで至らない作家ですみません。あと〆切を延ばして貰ったのもすみません……。おんぶにだっこでまるで僕は赤ちゃんですね（？）

もっと面白い物語をお届けできるように、今後も精進いたします！

D級冒険者の俺、
なぜか勇者パーティーに
勧誘されたあげく、王女に
つきまとわれてる
白青虎猫
Illust. りいちゅ

NEXT EPISODE

突然届いた勇者教会からの招集命令。

なぜかそこには、

【攻】の勇者・レティノアだけでなく、

D級冒険者のジレイの名前も

含まれていた。

渋々ながら招集の命に応じ、

そこでルーカスと

再びの邂逅を果たしたジレイは、

レティノアの抱える〝とある秘密〟を

知ることになる――

第④巻

2022年

初夏発売!!

【漫画《まんが》】舘《たち》津《つ》テト
【原作《げんさく》】白《しろ》青《あお》虎《とら》猫《ねこ》
【キャラクター原案《げんあん》】りいちゅ
怠惰で最強な
ライズ連載中!!

冒険を漫画でも!!
D級冒険者の俺、
なぜか勇者パーティーに
勧誘されたあげく、王女に
つきまとわれてる
COMIC GARDO
コミックガルドにてコミカ

作品のご感想、
ファンレターをお待ちしています

あて先

〒141-0031
東京都品川区西五反田 8-1-5 五反田光和ビル4階
オーバーラップ文庫編集部
「白青虎猫」先生係／「c」先生係

OVERLAP

D級冒険者の俺、なぜか勇者パーティーに勧誘されたあげく、王女につきまとわれてる 3

発　行　2021 年 12 月 25 日　初版第一刷発行

著　者　白青虎猫

発行者　永田勝治

発行所　株式会社オーバーラップ
〒141-0031　東京都品川区西五反田 8-1-5

校正・DTP　株式会社鷗来堂

印刷・製本　大日本印刷株式会社

Printed in Japan　ISBN 978-4-8240-0062-0 C0193

オーバーラップ文庫
——そして、少年は〝最強〟を超える。
ありふれた職業で
ARIFURETA SHOKUGYOU DE SEKAISAIKYOU
世界最強
WEB上で絶大な人気を誇る
“最強”異世界ファンタジーが書籍化！
クラスメイトと共に異世界へ召喚された“いじめられっ子”の南雲ハジメは、戦闘向きのチート能力を発現する級友とは裏腹に、「錬成師」という地味な能力を手に入れる。異世界でも最弱の彼は、脱出方法が見つからない迷宮の奈落で吸血鬼のユエと出会い、最強へ至る道を見つけ——!?
著 白米 良 イラスト たかやKi
シリーズ好評発売中!!

オーバーラップ文庫
COMIC GARDO
コミックガルド
にて
コミカライズ!
第6回オーバーラップ
WEB小説大賞
【大賞】受賞!!
黒鳶の聖者
～追放された回復術士は、有り余る魔力で闇魔法を極める～
[──今日が主役《おれ》の、始まりの日だ]
回復魔法のエキスパートである【聖者】のラセルは、幼馴染みと共にパーティーを組んでいた。しかし、メンバー全員が回復魔法を覚えてしまった結果、ラセルは追放されてしまう。失意の中で帰郷した先、ラセルが出会った謎の美女・シビラはラセルに興味を持ち──?
著 まさみティー　イラスト イコモチ
シリーズ好評発売中!!

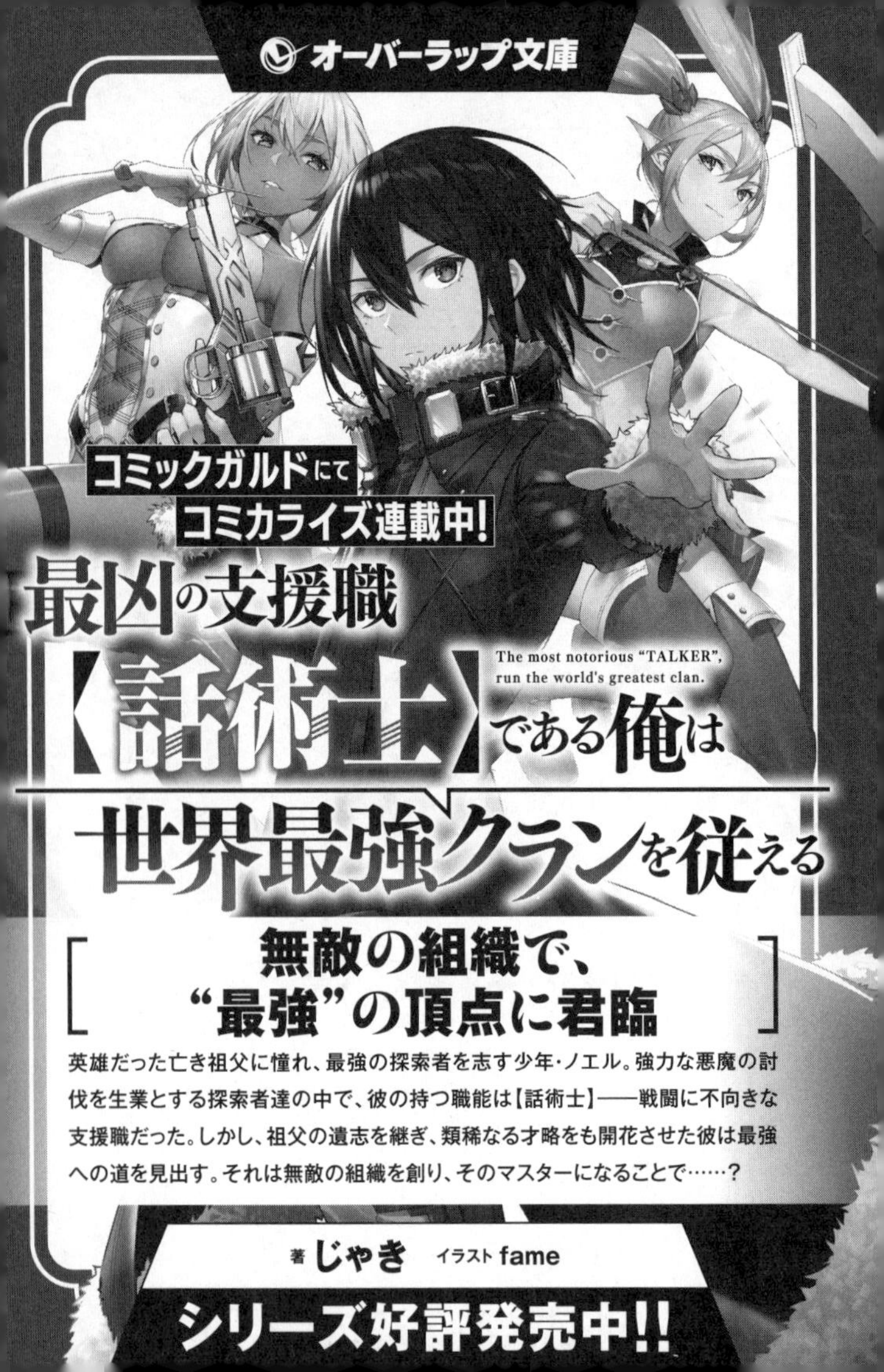
オーバーラップ文庫
コミックガルドにて
コミカライズ連載中！
最凶の支援職【話術士】である俺は世界最強クランを従える
The most notorious "TALKER", run the world's greatest clan.
無敵の組織で、“最強”の頂点に君臨
英雄だった亡き祖父に憧れ、最強の探索者を志す少年・ノエル。強力な悪魔の討伐を生業とする探索者達の中で、彼の持つ職能は【話術士】——戦闘に不向きな支援職だった。しかし、祖父の遺志を継ぎ、類稀なる才略をも開花させた彼は最強への道を見出す。それは無敵の組織を創り、そのマスターになることで……？
著 じゃき　イラスト fame
シリーズ好評発売中!!

オーバーラップ文庫
重版
ヒット中!
俺は星間国家の
I am the Villainous Lord of the Interstellar Nation
悪徳領主!
好き勝手に生きてやる!
なのに、なんで領民《あいつら》たち感謝してんの!?
善良に生きても報われなかった前世の反省から、「悪徳領主」を目指す星間国家の伯爵家当主リアム。彼を転生させた「案内人」は再びリアムを絶望させることが目的なんだけど、なぜかリアムの目標や「案内人」の思惑とは別にリアムは民から「名君」だと評判に!?　星々の海を舞台にお届けする勘違い領地経営譚、開幕!!
著 三嶋与夢　イラスト 高峰ナダレ
シリーズ好評発売中!!

第9回 オーバーラップ文庫大賞
原稿募集中！
イラスト：KeG
紡げ、魔法のような物語！
【賞金】
大賞…300万円
（3巻刊行確約＋コミカライズ確約）
金賞……100万円
（3巻刊行確約）
銀賞………30万円
（2巻刊行確約）
佳作………10万円
【締め切り】
第1ターン 2021年6月末日
第2ターン 2021年12月末日
各ターンの締め切り後4ヶ月以内に佳作を発表。通期で佳作に選出された作品の中から、「大賞」、「金賞」、「銀賞」を選出します。
投稿はオンラインで！ 結果も評価シートもサイトをチェック！
https://over-lap.co.jp/bunko/award/
〈オーバーラップ文庫大賞オンライン〉
※最新情報および応募詳細については上記サイトをご覧ください。
※紙での応募受付は行っておりません。